ハッピージュエリー　上

HICAL

明窓出版

装幀　著者

1

標的は能面をかぶっていた。

射距離およそ十メートル。

矢内ヒカルはスコープをのぞいた。

丸い視界が緊張する呼吸にあわせて上下にゆれた。

標的が顔を見上げると、能面が月の光に照らされた。

とつじょ、眠気が襲ってきた。

ふわわ～ん。

ヒカルは大きなあくびをした。

「ハイ、カット！　カット！　なにあくびしてんだゴラァ！」

ノリくんがさけんだ。

「すいましぇ～ん、監督ぅ～」

ヒカルは頭を下げて謝る。

「おまえは殺人者だろが！　殺人者が人をぶっ殺すときにあくびするか？　しねえだろフツー。ぜんぜんキモチが役になりきってないんだよ！　キモチが足りねーんだ！　キモチが！」

「すいましぇ～ん」

「じゃ、もう一回いくぞ」

「わかりました」

「ヨーイ……スターット！」

ノリくんの声でテイク２がはじまった。

次こそ……。うまくいきますように……。

ヒカルはそう祈って役にのぞんだ。

ところが。

クシュン！

ヒカルはおなじ場面でくしゃみをした。

「カット！　カット！　ＮＧ！　なにくしゃみしてんだゴラ！」

「まあまあまあ、落ちついて」

カメラマンの清水くんがノリくんをなだめる。

「まじめにやれボケナス！」

アツくなるノリくん。

ヒカルは、は〜い、とゆるい返事。

「『は〜い』じゃなくて、『はいッ』だろ。気合入れろ！」

「はいッ！」

「つぎ、ちゃんと決めろよな」

「はいッ！　はいッ！」

「返事は一回でいいよ」

「は〜い」

「だーかーらー、『は〜い』じゃなくて『はいッ』だろ！」

「はいッ！」

「じゃ、テイク３いくぞ。ヨーイ……スターット！」

ノリくんの声で、ピーンと空気が張りつめた。

ところが。

ヒカル、おなじ場面でミス。

本番中。

「監督ぅ〜。おしっこもれそう〜」

と泣きそうな声を出してしまった。

くすくす……。

まわりから笑い声がした。
「やめよ。やめよ。ちょっと休けいしよう。ヒカル、こっち来い」
ノリくんが手まねきした。
「なんでしょうか」
「このオタンコナス！」
ポカ！　ポカ！　ポカ！
ノリくんがヒカルの頭をメガホンでたたいた。
「いてて！」
「トイレぐらいすませとけバカ！」
「は〜い。すいましぇ〜ん」
ヒカルはベレッタのスナイパーライフルを地面におき、トイレに走った。

府中市。
二〇〇一年九月二十三日。
この日。
中央美術大学（中美）は芸術祭三日目の夜をむかえていた。
十二日前におきたアメリカ同時多発テロ事件とは、無縁な世界がそこにあった。
矢内ヒカル。
十八才童貞。
彼は中美の二年生だった。
もともと彫刻学科の学生だったが、四月から視覚デザイン学科に編入している。
サークルはバスケ部とウインドサーフィン部と射撃部に所属。

彼は大学に入ったときから、ふたつのことで有名だった。
ひとつめは、両親は日本人だが青い目をしていること。
ふたつめは、インターナショナルスクールを一年飛び級で卒業して現役で大学に入ったこと。
ヒカルがインターを飛び級で卒業できたのは、勉強が得意だったからではなく、カンニングのプロだったからだ。
それも、並大抵のプロではない。
一流のプロであった。

この日の撮影前。
ヒカルは友達のバンド『レモンライムズ』のライブを見ていた。
彼はライブ中におなかがすいたので、タイ焼きを買いに行った。
すると、映画学科のサイトウ君によびとめられた。
「ヒカルー。おまえ射撃部だったよね。いま部室裏で撮影してるんだけどさ。ハンター役がバックレテいなくなっちゃたんだよね。かわりにやってくれない？」
「タイ焼き買ってからじゃダメ？」
「ダメ」
というわけで。
ヒカルは撮影にかりだされていた。

「あー、なんでゲーサイなのに撮影なんかしてるのかなあ。おなかぺこぺこだし。こっちはそれどころじゃないのに。いやんなっちゃうなァ……」
ヒカルはつぶやきながらトイレを出た。

そして、さきほど買いそびれたタイ焼きを買った。
カリッ♪　サクッ♪
もぐもぐもぐもぐ……。
タイ焼きを食べながらヒカルは歌を歌いだした。

はじけるコロモ　クリスピーフィッシュ♪
とろけるアンコ　クリスピーフィッシュ♪
熱狂フィッシュ　フィーミーフレン♪
熱中フレッシュ　フィーウィーキッス♪
真夜中フィニッシュ　トゥントゥンティン♪
熱唱　熱狂　熱帯魚♪
熱唱　熱狂　熱帯夜♪
ごく甘トロトロ　マイホットソウル♪
七色フィーバー　ジャンプトゥスカイ♪

ヒカルはさらにココナッツミルクとチョコバナナ三本を買った。
そして、撮影現場にむかった。

「あ！　ヒカル」
薄暗い大通りを歩いていると、声がした。
射撃部の先輩、文化工芸学科三年の月島サエだった。
彼女は早歩きで門のほうへむかっていた。
「こんばんわーっす。サエさん、もう帰るの？」
「そうや」
「はやくないですか？　まだ、夜の八時ですよ」

「私、急いでんの」
サエはあわてた様子だった。
よく見ると。
彼女は布に包まれた棒状の物を左肩にしょっている。
「それ、なんですか？　部室からもって来たライフルですか？」
「ちゃう」
サエは首をふり、また歩きだした。
「サエさーん、ちょっとまってくださいよ！」
ヒカルは大声でサエをよびとめた。
「うっさいなもう！　なんやねん！」
「一本食います？」
ヒカルはチョコバナナをさしだした。
「いらんわ！　アホ！」
サエはそう怒鳴ってから、姿を消した。
ヘンなの……サエさん、急いでどうしたんだろう？
ヒカルは不思議に感じながらココナッツミルクをすすった。

午前一時。
撮影が終了した。
天気はくもりから雨に変わっていた。
学校の中央広場は帰宅していない学生であふれていた。
バーベキューの炭火で魚を焼いている人。
大音量のマイクで歌っている人。
わいわい。がやがや。
夜間ライトで照らされている人の活気は。

深夜になっても、いっこうにおさまろうとしなかった。

翌朝。
目を覚ますと頭がズキンとした。
「いたたたた。あれ？　ここ、どこ？」
ヒカルは黄色いポリエステルに包まれた空間の中にいる。
そこがテントの中だとわかるまで、数秒かかった。
「んにゃ？　にゃんでテントのにゃか？」
おきあがって外に出た。
クラブ棟の中庭が視界にひろがった。
キャー！　ヤダー！
突然、女の子の悲鳴がきこえた。
女の子は両手で顔をおおっている。
ヒカルはキョロキョロあたりをみまわした。
なんとなく冷たい視線を感じた。
下半身がやけにスースーすると思ったらフルチンだった。
「うわあああああああ～！　ヤバイ！　ヤバイ！」
ヒカルはあわててテントにかくれてトランクスを探した。
だが、見つからない。
しかたなく。
足元にあったボロボロの新聞紙を腰にまいてからテントを出た。
すると、トランクス発見。
テントの頭の部分にズボンといっしょにのっかっていた。
「あう！　見ーっけ！」
ヒカルはさけんだ。

いったい、誰のしわざ？
なんで自分はテントの中にいたんだろ？
酔ってたのかな？
ま、いーや。
ヒカルは気を取り直して、ひとまず帰ることにした。
中央広場では、店の整理やゴミの片づけをしている学生がたくさんいた。
学校の美術館の周りにやじうまが集まっているのが見えた。
ヒカルはそのやじうまに近づいていった。
一台のパトカーが止まっていた。
美術館はトラ模様の立入禁止テープでかこまれている。
「なにか事件でもあったんですか？」
ヒカルは近くにいた学生にきいた。
「中で展示品の盗難があったみたい」
「ウソ！　なにが盗まれたの？」
「わからない。今、調べてるところで、学芸員の人しか入れないみたい」
「へえ。じゃ、ちょっと入っちゃおうかな」
ヒカルはテープをくぐり美術館に入ろうとした。
すると、入り口の手前で警官にとめられた。
「まちなさい。学芸員の免許は？」
博物館学を受講していないヒカルは、学芸員免許をもっていない。
だが、
「今はもってませんけど、家にあります」
というと、あっさり入館を許可された。

美術館の一階は、わずかな白熱灯の光だけでどんよりしたかんじだった。
天井には。
光朝の書体で『戦時下の日本美術展』と印字された横断幕がつるされている。
受付台に展示会のリーフレットがおかれていた。
ヒカルはそれを手にとって見た。

この度、中央美術大学は、米国シンフォード大学より、戦時下の美術品を集めた「ゴードンフラーコレクション」をひろく日本国民に公開したいとの申し出を受け、戦時下の宣伝美術と図書資料、及び装飾工芸品の展示会を開催いたします。
ゴードンフラーコレクションは、占領下の日本で行われたＧＨＱによる検閲の過程で集められた美術品で、東洋美術学者ゴードンフラーがアメリカへ持ち帰り、母校であるシンフォード大学に寄贈したものです。
子供向けの絵本やマンガなどを含む三十四万冊の図書のほか、戦時中に芸術家が手がけた戦争画、宣伝画、工芸品など、現在、日本では目にすることのできないものが数多く含まれています。
図書の多くは、占領下の検閲のプロセスや戦後日本社会の実相を伝える証として貴重な資料となっています。
このたび、これら資料と美術品の一部が半世紀ぶりに日本への里帰りを果たし、本学で開催する展示会で公開することとなりました。資料の劣化を考えますと、同資料の日本での公開は最後になるでしょう。是非この機会に豊富な資料と美術品に触れていただきたく存じます。

「収集グセのあるおじちゃんがいたのか……。ところで、戦争っていつ誰が始めたんだろ？」
　ヒカルはそうつぶやき、リーフレットを受付台にもどした。
　二階へ上がると、学生が展示品を搬出していた。
　フロアのすみっこでは、警官と教授が立ち話をしている。
「おい、チュチェ」
　ヒカルはニックネームで呼ばれた。
　ふりむくと。
　銃開研（銃器開発研究会）のユウジくんがいた。
「おまえ、学芸員の授業とってたっけ？」
「はい、とってます」
「じゃ、突っ立ってないで、はやく展示品を運べよ」
「わかりました。あ、あのう……質問したいことがあるんですけど」
「なんだよ」
「なにが盗まれたんですか？」
「シラスの剣とかいうヘボい刀だよ」
「いつですか？」
「きのうだよ。おまえ、説明をきいてないのかよ」
「ええ。きいてません」
「今朝、さいしょに美術館に入ったヤツが、刀が無くなってることに気づいて、即効通報したわけ」
「それで警察が」
「そうだよ。しかも、盗まれた刀はヘボいくせに国宝級の価値があるんだってよ」
「国宝級！　それってヤバクないですか？」
「ああヤバイさ。だから、教授は盗難のことを外部にもらすなってい
ってた。いま、報道機関にばらさないように警察を説得してるみたい」
「なんでそこまでする必要あるんですか？」
「だって、提供してきたシンフォード大に、展示品が盗まれた、なんてことがばれたらヤバイだろ。あと、糞虫の巣になってる文化庁にもばれたくないみたい。補助金が出なくなるとかなんとかで。まあ、こんなこと、あぶなくて公表できないよな」
「学校は事件を隠すつもりなんですか？」
「いちお、そういう方向で話はすすんでるみたい。それから、月島にもばれたくないらしい」
「月島って？　月島サエさんのことですか？」
「そうだよ」
「なんで？」
「チュチェ、知らないのかよ？　盗まれた刀はさ、月島のジジイの生家にあったモノなんだよ。だから、もともと、アイツんちの所有物ってことなんだよ」
「うお！　そうだったの」
「まあ、それ以上のことはなにもわからんから」
　ユウジくんはそういうと、再び搬出作業にとりかかった。
　それから、ヒカルは一階におりて、美術館を出ようとした。
　するとそのとき、背後から呼びとめられた。
「まって。ヒカル」

射撃部の先輩、マサヤさんだった。

ヒカルにとって、マサヤさんとサエは憧れの先輩カップルである。

「先輩、おはようございます」ヒカルは頭をさげた。

「おまえって学芸員の免許もってたの？」

「もってません」

「おいおい。入ってきていいのかよ」

「すいません。もう出ますんで」

「盗難のことはきいたか？」

「はい。ききました。サエさんちの刀が盗まれたらしいですね」

「そうなんだよ。おまえ、きのうのゲーサイの夜、なにしてた？」

「えっとー。友達のライブを見てから、そのあと、夜中までずーっと、映画学科の撮影に参加してました」

「それだけ？」

「はい」

「サエを見なかったか？」

「見ましたよ」

「いつ見た？」

「撮影の休けいのときです」

「何時ごろ？」

「だいたい八時ごろだったと思います」

「どこで見たんだ？」

「大通りのところでバッタリ会いました」

「どんな様子だった？」

「どんなって……急いでたようなかんじでしたけど」

マサヤさんは、うんうん、というかんじであいづちをうった。

「サエはなにかをもってなかったか？」
ヒカルはサエが布につつまれた物をもっていたことを思い出した。
だが、
「暗かったし、よく憶えてません」といった。
「……そうか。憶えてないか」
マサヤさんは額に手をあててうつむいた。
「先輩、ちょっとききたいことがあるんですけど」
「なんだよ」
「サエさんは、盗難事件のことでなにかうたがわれてるんですか？」
「……くわしいことはわからない。ただ、ヒカルに約束してほしいことがあるんだけど」
「なんですか？」
「サエのまえで盗難事件のことは口にしないで」
「……わかりました。じゃ、失礼します」
ヒカルはそういって、美術館を出ようとした。
すると、
「ちょ、まって！」とマサヤさんがさけんだ。
「なんですか？」
「わりい。ホントのこと話すよ。サエがうたがわれているのはまちがいない」
「あ、やっぱり」
「何人かの人に、サエは犯人と思われている」
「え！　マジですか！」
「なくなった剣はサエの家のモノだったからね。でも、オレは……、そんなこと、信じたくない。サエはぜったい犯人じゃない。ヒカルもそう思うだろ？」
「はい。思います」
マサヤさんは、すこし沈黙してから。
そういうことでよろしく、じゃあな、と手をあげた。

ヒカルは美術館を出てから、カブに乗って自宅に戻った。
彼は学校からほど近い留学生宿舎に住んでいる。
通常の家賃は一万三千円。
だが、ヒカルはそこの部屋を五千円という安さで借りている。
数年前。
その部屋に住んでいた女子学生が室内で自殺したからだ。
そのせいかわからないが。
夜中になると、キーキーという物音がしたり。
知らぬ間に部屋のドアが開いていたり。
寝ているときに冷たい手でさわられているような感覚がしたり。
蛇口から髪の毛のようなものが出ていたり。
窓ガラスに誰かの顔が映っていたり。
そういう奇妙なことがひんぱんにおきている。
そんなとき、いつもヒカルは。
かりに幽霊のしわざだとしても、まぁいーか、と思う。
ひとつだけ、気になることがあるとすれば。
ヘンな夢を見ることが多くなったことだ。
この日に見た夢もヘンな夢だった。

ダッダッダッダッダッダッ……。

ヒカルは森のほうへ走っていた。
背後から冷たい気配を感じた。
走りながらふりかえった。
真っ暗闇でなにも見えなかった。
原生林の中に入った。
溶岩が流れた跡。
タコ足のような太い樹木の根。
進むにつれて、足元の地面がデコボコしてきた。
やがて、泉のほとりにたどり着いた。
そこは荒廃した自然に包まれていた。
あたりを見回した。
木の陰にサエが立っているのが見えた。
「あ……、サエさん……」
ヒカルはサエに近づいた。
すると、彼女は素手で地面を掘りはじめた。
ガリッ。ガリッ。
「なにしてるの？」
「……」
サエはヒカルをシカトして地面を掘りつづけている。
「手伝いましょうか？」
「……」
ヒカルはいてもたってもいられず。
サエといっしょに地面を掘りはじめた。
ガリッガリッ。……むにゅ。
ひじの深さまで土を掘ったとき、指にやわらかい感触がした。

地面の穴から白いモノが見えた。
それは人間の耳だった。
一体のカラダが埋まっているようだ。
顔が確認できるまで土を削った。
ひんやりしたほおとまぶたに触れた。
顔がだんだん見えてきた。
自分とそっくりの顔だった。
埋められているのはヒカルの分身だった。
サエは無表情でヒカルの分身を見下ろしている。
分身のまぶたがピクリと動いた。
次の瞬間。
ヒカルは分身と目があった。
とっさに顔を上げた。
視界にうつる風景が空から部屋の天井に変わった。

「ふー」
夢から覚めたヒカルはため息をついた。
上半身が汗でびっしょり。
ノドはカラカラ。
ヒカルは冷蔵庫からペリエをとりだしていっきに飲みほした。
時計を見ると正午だった。
ピコピコピコ……。
留守電のボタンが点灯していた。
ボタンを押した。
一件のメッセージがあります。

という女性の声のあと、音声が再生された。
『カサハラアーキテクトのミドリです。ケータイがつながらないけど、どうしたの？　とっても大事な話があります。大至急連絡ください』
バイト先のミドリさんの声だった。
ヒカルはこのメッセージでケータイをなくしていることに気づいた。
家の電話からミドリさんに電話した。
だが、つながらなかった。
こんどは自分のケータイにも電話したが、それもつながらなかった。
ヤバイ。どこでなくしたんだろ？
学校かな？
ヒカルはとりあえず、学校でケータイをさがすことにした。
彼はノーヘルのままカブを走らせた。
その途中で、新星堂京王府中店に立ちよった。
気がつくと閉店時間になっていた。
けっきょく、その日は学校には行かなかった。

翌日。
映画学科のアツシくんから電話がきた。
「オレさ、ヒーちゃんのケータイで電話してるんだけど」
「えー！　どこにあったの？」
「ゲーサイのときの撮影現場。忘れてったでしょ」
「うん。誰が拾ってくれたの？」

「オレ」
「どうもありがとう」
「ピンクのケータイだからすぐにわかった」
「そうなんだ。きのう学校にさがしにいこうとしたんだけど、気づいたのがおそくて、行くのやめちゃった」
「ケータイ見つけたの、今日だけど」
「うそ？　じゃ、一日中おきっぱなしだったのかな？」
「たぶんね。そういえば、美術館で盗難事件があったの知ってる？」
「はいはい。知ってます」
「もう、犯人わかってるらしいよ。学校は自供してくるのまってるみたい」
「えっ、うそ……！　犯人だれなんですか？」
「複数いるみたい」
「ひとりじゃないの？」
「うん」
「ということは、誰かひとりが……。もし、しゃべったら……」
「そう。つかまる。誰かひとりがゲロっちゃったら、みんなつかまる」
「アツシくんは犯人を知ってるの？」
「知らないけど、オレは銃開研があやしいと思う。あいつら、なんかやりそうじゃん」
「ああ」
「あとさ、ケータイにミドリって人から電話きたよ」
「あ、バイト先の人です」
「そうらしいね。きいたよ。新しい彼氏ができたんだってさ」

「か、彼氏？　ミドリさんと話したの？」
「うん。オレがヒーちゃんじゃないってこと、気づかないでしゃべってた」
「ずっと気づかないでしゃべってたの？」
「うん。でも、さいごにちゃんと教えたよ。自分は矢内ヒカルじゃないです。別人ですって」
「そしたら？」
「めちゃくちゃ、恥ずかしがってた」
「あはははは」
「ミドリって人、学生？」
「そうです。ムサ美の建築学科の三年生です」
「へえ。かわいい声してたけどさ、見た目はどうなの？」
「見た目もかわいいですよ」
「そうなんだ。ついでに彼氏の名前まできいちゃった」
「マジですか？」
「うん。クラモチマコトっていうんだってさ。『マコさん』て呼んでるらしい」
「さん付けなんだ」
「そう。しかも、東京美術大のＯＢで広告会社につとめてるんだって」
「社会人なの？」
「そうみたい」
「ふうん」
「ところで、ケータイどうする？」
「とりに行きます。いま、どこにいるんですか？」

「ヒーちゃんちのまえ」
「え！」
ヒカルはあわてて宿舎をでた。
すると、アツシくんが道路でまっていた。
「来てくれたんだね。ありがとう」
「まあ、このへん、帰り道だからさ」
アツシくんはそういってヒカルにケータイをわたした。

九月二十八日。金曜日。
ヒカルには学校の課題よりも大事なことがあった。
それは、マル研（マルクス研究会）の機関紙『ＭＡＲＴＵ』と銃開研の機関紙『いざなみ』の誌面レイアウトだった。
ふたつの機関紙の記事の内容はまったくちがう。
時には対立する意見が掲載されることもある。
ヒカルにはそのちがいがわからないが。
おおざっぱにいうと。
『ＭＡＲＴＵ』は平和主義を唱える機関紙で、『いざなみ』は戦争主義を唱える機関紙だった。
この日は、『ＭＡＲＴＵ』のデータ入稿の日だった。

「失礼しまーす」
ヒカルがマル研の部室に入ると、部長をふくむ三人の部員がいた。
「『ＭＡＲＴＵ』最新号のデータです」
ヒカルはそういってＭＯを部長にわたした。
「サンキュー、またよろしくね」

「はい。こちらこそまたよろしくお願いします」
「あ、そういえば、ハエたたきがヒカルをさがしてたよ」
「ハエたたき？」
「マサヤのことだよ。あいつ、最近、ノンキャリア警察のことをハエ呼ばわりするようになった。オヤジが警察官僚だからって調子にのってやがる」
「はあ……」
「いま、ハエたたきは部室にいるよ」
「わかりました」

ヒカルは射撃部の部室に入った。
マサヤさんがいた。
「こんにちは」
「おう、ヒカル。警視正クラスのハエ三匹の首をとばす情報を入手した。シャブシャブのネタだ」
「警察をハエ呼ばわりするのは、やめたほうがいいですよ」
「なんで？　じゃ、蚊にするか」
それだと、あだ名が蚊取り線香になりますよ。
とヒカルは思わずいいそうになった。
「マサヤさん。そんなことより、盗難の犯人を見つけなきゃ。ひとりじゃないそうです。複数いるみたいなんです」
「複数？　誰からきいた？」
「アツシくんて人」
「知らないなあ、そいつ」
「アツシくんがおっしゃるには銃開研があやしいそうです」

「なにを根拠に？」
「わかりません」
「なんだよそりゃ」
「サエさんは今日、学校に来てるんですか？」
「たぶん、来てないと思う。さっきからケータイに電話してんだけど、ぜんぜんつながらないんだよね。おまえ、ちょっとサエに電話かけてみて」
　ヒカルはサエのケータイに電話した。
　マサヤさんがいったとおりつながらなかった。
「つながりません」
「だろ？　ヘンだろ？」
「どうしたんでしょうかね？」
「うーん……」
「マサヤさん……」
「ん？」
「万が一、サエさんが犯人のひとりだったとしたら……。それで、もし、つかまっちゃったら……ヤバイですよね。射撃部、ふたりだけになって確実に廃部……」
「んだとコラ！」
　マサヤさんは怒鳴って机をけった。
　ヒカルの足に机の角がぶちあたった。
「イテ！」
　マサヤさんはヒカルのむなぐらをつかんだ。
「バカヤロー！　サエが犯人だなんて誰が決めたんだよ！　万が一とか、なに勝手なことほざいてんだよ！」

「すいません」
「なんなんだよおまえ、帰れよ。ちきしょう……」
　マサヤさんは震えた声でそう言った。
　ヒカルは無言で部室を出た。

2

九月二十九日。土曜日。

ヒカルは十九才になった。

ベッドからおきてメールをチェックした。

写真演習の作品提出を催促するメール。

レポートの催促メール。

などなど受信。

さいごにサエのメールを受信。

送信されたのは昨日の夜。

こんなメッセージだった。

件名：ＹＡＨ　ＭＡＮ！

おっす！

あした、漫画文化論と西洋ロック史の日やろ。

おわったらデザイン校舎の屋上にきてな。

きいひんと、おまえの心臓に穴あけるたるぞ♪

放課後。

ヒカルはデザイン棟の屋上でサエが来るのをまった。

ケータイがブルった。サエからだった。

「いま、どこにおるん？」

「デザイン棟の屋上です」

「おっ。すぐ行くから、まっとって」

五分ほどしてサエがやって来た。
彼女は両サイドの髪をピンでとめていた。
そして、ツヤのあるオレンジ色の袋を両手でかかえていた。
「誕生日おめでと」
サエはそういって、ヒカルに袋をさしだした。
「ありがとうございます。なんで僕の誕生日を知ってるんですか？」
「さあ？　なんでやろ？　ふふふ」
サエはとぼけたような顔をして笑った。
袋の中には黒い直方体のパッケージが入っていた。
表面にはうっすらした茶色の雷文様。
その箱をラッピングしているリボンのてっぺんには、ＣとＴの文字を刻印した六角形のタグが結ばれている。
ヒカルはプレゼントがコーム・テミズの商品だとすぐにわかった。
コーム・テミズはフランスに本社があるラグジュアリーブランドで、サエの親が経営にかかわっている。
「箱、あけてもいいですか？」
「うん」
ヒカルはラッピングをとって箱をあけた。
四角いガラスボトルが入っていた。
「これってコーム・テミズの香水ですか？」
「そうや」
「へえ。すごい」
「ロッシーティアっていうシンクロノート系の香水なんやで」
「ほう、なるほど」香水に無知なヒカルは知ったかぶった。
「まだ市販されとらんけど、会社の人に頼んで手に入れたんや」

「さすが経営者の娘」
「そのいい方やめろ。ボケ」
「すいません」
「ね、ヒカルって、香水つかったことある？」
「いいえ、ないです」
「つかおうと思ったことは？」
「ないですねえ」
「やっぱなあ。ホントはそういう人にこそ、つこうてほしんやけどねえ」
「じゃ、これをキッカケにつかってみます」
「べつにムリしてつかわんでもええよ。あと、これもあげる」
サエはそういって、ヒカルの左薬指にリングをはめた。
リングには青い石がついていた。
「この石は？」
とヒカルはきいた。
「ブルーサファイア。私がつくったん。きのうセッティングしたばっかやで」
「え！　サエさんがつくったの？」
「うん」
「スゴイじゃん！」
「でへへへ」
「スゴイ、かわいくてキレイ」
「誕生石っていうのが誕生日ごとに決まっててね。ヒカルの誕生石はブルー・サファイアなんや」
「へー。誰が決めたんですか？」

ヒカルがそうきくと。
「うっさいボケ。とにかく決まっとるんじゃボケ」
とサエは早口でかえした。
「他の人にも誕生石をおくったりしてるんですか？」
「そやね。仲のいい子には」
「そのたびにつくるのって大変じゃないですか？」
「べつに大変じゃないよ。楽しいよ」
「ふうん。じゃ、死ぬまでもらってもいいですか？　すごいサファイアの数になりますよ」
「アホ。そんなにあげられんわ。あと百個以上もつくらんといかんがな」
「あはは。そこまで長生きしませんよ、僕は」
「わからんで。ヒカルってムダに長生きしそう。百五十年とか」
「ははは。サエさんもけっこう長生きしそう。二百年とか」
「それ長すぎや。私、平均寿命くらいがええねん」
「ふふ。僕もそれくらいでいいかな。ところで、サエさんの誕生日っていつでしたっけ？」
「三月二十八日」
「ちょうど半年後ですか」
「そやな。あー、半年後にはもう二十二かー。おばはんや」
サエはそういって歩き出し、ヒカルの横を通り過ぎた。
すこしおくれたタイミングで、ヒカルは口をひらいた。
「あのう、ちょっと、ききたいことがあるんですけど。ゲーサイの日に盗まれたシラスの剣て、サエさんちのモノなんですってね。どういう剣なのか、わかりませんが……、サエさん、自分が犯人て疑われてること……、知ってます？」
ヒカルはそういってふりかえった。
サエは十メートルほど先にある手すりによりかかっていた。
「ありゃー。ぜんぜんきこえてないや……」
ヒカルはサエに近づいた。
サエがうしろ髪をかき上げた。
そのとき、ネックレスのチェーンがキラッと光るのが視えた。
オレンジの夕日が反射した光だった。
「キレイなネックレスですね」
「ホンマか？」サエがふりかえった。
「はい、すごく似合っています」
「あげよっか？」
「いや。いいです」
「あげるよ」
「いや。いいです」
「エンリョせんと。かまへんかまへん」
サエはネックレスをはずしてヒカルの首にかけた。
彼女はヒカルの首に手をかけたまま笑みをうかべた。
「ん？　どうしたんですか？」
「ヒカルって、キスしたことある？」
「ないです」
ヒカルがそういうと、サエはくちびるを重ねてきた。
やわらかくて温かい舌の感触がした。
サエがくちびるを離した。
ヒカルはかたまって動かなくなっていた。

「なにボケーッとしとんねん」
「……」
ヒカルは指で自分の口をおさえた。
「照れてんの？」とサエ。
ヒカルは首を横にふり、
「マサヤさんが見てたら殺されますよ」といった。
「なんでや？」
「だって、サエさんとつき合ってるじゃないですか」
「あほ、そんな関係やないで」
「ええ！　ウソ～！　ウソ～！」
「おまえ、めっちゃ誤解してんな」
「ウソ～！　つき合ってたのかと思った」
「ちゃうねん。一番近い友達かもしれんけど。べつにつきあっとらんわい」
「なーんだ。そうだったんだ。ははは」
ヒカルは笑いながら。
ネックレスにセットされている石を指でつまんだ。
石は透き通る虹色に光っていた。
「これってダイヤモンドですか？」
「にてるけどちゃうねん。それな、ハッピージュエリーってよばれとる石なんや」
「ハッピージュエリー……ですか」
「……ヒカル。私、用事があるんでもう帰るね」
「あ、はい」
「じゃーね。バイバイ」サエは手をふった。

「さようなら」ヒカルも手をふった。
彼は屋上でひとりになると、となりの絵画棟をぼんやりと眺めた。
アトリエは全室カーテンで閉めきられていた。
ヒカルは指からリングをはずして夕日に照らした。
ブルーサファイアがオレンジ色に光っていた。

十月一日。月曜日。
目が覚めたとき午前九時だった。
この日は写真演習の課題提出しめきり日。
ヒカルは、まだ撮影をしていないので、単位をあきらめることにした。
そして、ひらきなおって宿舎でのんびりしようと決めた。
ドアポストから朝日新聞と日刊よい子のお絵かきをとり出した。
ヒカルは、それをオレンジジュースが入ったコップといっしょに机にのせた。
寝ぼけたまま新聞をめくっていると、多摩地域ニュース面の狂牛病にかんする記事に目がとまった。
こんな見出しだった。

感染検査機器、依然配備されず
食肉衛生検査所府中支所　一日あたり搬入量半分以下に制限

前の月に、日本では初の狂牛病が確認されたばかりだった。
ふだん、ニュースに関心をもたないヒカルは。
狂牛病のニュースだけは他人事ではなかった。

なぜなら、吉野家の牛丼が大好物だったからだ。

記事の内容から、食肉処理場が宿舎の近くにあることを知った。

そして、ピカーンとあることをひらめいた。

食肉処理場で働く人の姿をモノクロ写真におさめよう。

それを写真演習の課題で提出する。

「よし！　きまり！」

ヒカルは気合をいれて立ち上がった。

そのいきおいでコップがたおれた。

朝日新聞と日刊よい子のお絵かきにオレンジジュースがびしゃーっとかかった。

「あちゃ〜」

ヒカルは、あわてて朝日新聞と日刊よい子のお絵かきをベランダに干した。

それから、ニコンＦ１００を肩にぶらさげて、自転車で食肉処理場にむかった。

時間にしてわずか三分の距離だった。

ヒカルは自転車をとめて食肉処理場のなかに入った。

コンクリートの通路をぬけると、白で統一された作業服姿のおじちゃんが数人いた。

ヒカルはひとりのおじちゃんを呼びとめてあいさつした。

「どうも、おはようございます」

「ん？　なんの用」

「代表者の方はいらっしゃいますか。ご連絡したいことがあります」

「ちょっと、まってて」

おじちゃんはそういって、処理場内にある二階建ての小さな建物から代表者らしき人をつれてきた。
　五十代くらいのおじちゃんだった。
「なんだよ」とおじちゃんはいった。
「すいませんが。えーと、あのう、美術大学に通っている者なんですが。えーと、作品の資料として牛の写真が必要なんです。それで、少しだけ撮影を行ないたいのですが、よろしいでしょうか？」
「だめだめ、許可がないとだめ」
「誰にも公開しません。あくまでも、僕、個人の創作の資料で使いたいだけです」
　ヒカルがそういうと。
　おじちゃんは考え込むようなかんじでうつむいた。
　少しの沈黙のあと、「誰にも見せない？」とおじちゃんはきいた。
　ヒカルは、そんな約束できません、と頭の中でつぶやきながら。
「はい。約束します」とこたえた。
「じゃあ、こっちに来な」
　おじちゃんは手招きして、ヒカルを解体場へ案内した。
「すいません。どうもありがとうございます」
「そのかわり、今日は豚しか届いてないよ」
「えっ、牛さんはいないんですか」
「狂牛病の問題があるからね」
「あ、そうですよね。でも、豚さんでもかまいません」
「それじゃ、これはいて」
　おじちゃんが白い長靴を地面に置いた。
　ヒカルはその長靴にはきかえて解体場の中に足をふみいれた。
　そこは、外の寒さと対照的に熱気に包まれていた。

内臓の肉のにおいがむわ～っと鼻を刺激した。
ヒカルは口で息を吸いながら。
流れ作業で豚さんが解体されていく様子を見つめた。
三日月形のナイフで豚さんをスピーディにさばいていく動きは、熟練した職人技のようだった。
ぎゅおーん！　ぎゅおーん！
豚さんの最後の鳴き声が轟音のように響いた。
命がきえる瞬間だ。
作業員のおじちゃんに。
その瞬間だけは撮っちゃダメと注意された。
そして、撮影をはじめようとしたとき。
フィルムを忘れたことに気がついた。
「ヤバイ！」
あせったヒカルは、カメラにフィルムが入っているか確認した。
未使用のフィルムが入っていた。
「セーフ、よかった」
シャッターチャンスは三十六回。
ヒカルはカメラをかまえて、被写体に写る作業員のおじちゃんたちの姿をひたすら追い続けた。
ヒカルを気にする人はだれもいない。
彼はまるで空気のような存在になった。
おじちゃんたちがつけている前掛けが、返り血でだんだん赤く染まっていった。
それは、まるでアクションペインティングのようだった。
カメラの視線を変えた。

まな板に豚さんの生首が均一に並べられている。
そこで、シャッターを押した。
カシャッ。カシャッ。
不要になった内蔵がケースの中にぐちょっとつめ込まれている。
そこでも、カシャッ。カシャッ。
解体の最終工程は、ループ状の回転式ノコで背骨をガリガリ削りながら、豚さんを真っ二つに切り裂いていく。
食用部分として残った肉はクレーンにぶら下がったまま別の部屋へ運ばれていく。
それを横のアングルからを見ると、豚さんなのか牛さんなのか、判別することができない。
豚さんの小腸を洗うおじちゃんの姿を撮ると、フィルムがおわった。
それが最後の撮影となった。
ヒカルはカメラをぶら下げたまま。
しばらく解体の様子をながめた。
長靴を貸してくれたおじちゃんがやってきた。
「昨日、解体した牛の一部が裏に残ってるんだけど。見てく？」
「はい」
解体場の裏側にある畜場に案内された。
そこには、牛さんの頭部がつめこまれた四角いケースが、ぽつんと置かれてあった。
「いつもなら、ここに十頭くらいの牛が搬入されるんだよ」
「一匹もいませんね」
「まあ、しょうがないよ」

「牛さんは撮れませんでしたけど、資料になるものは撮れたと思います」

それから、ヒカルはおじちゃんにお礼をいって、食肉処理場を出ようとした。

すると、門の手前で医療用白衣を着た小太りでヒゲモジャなおじさんが立っていた。

「獣医の方ですか？」

ヒカルがたずねると、ヒゲモジャおじさんはうなずいた。

そこでちょっとだけ立ち話をした。

狂牛病のことがあって、ヒゲモジャおじさんは食品衛生検査官として派遣されてきたらしい。

「どこの学校に通っているの？」ヒゲモジャおじさんがいった。

「中央美術大学です」

「この近くにすんでるの？」

「はい。すぐそこです。家からチャリンコで来たんです」

「あ、そう。私ね、何年かまえに中美の学長さんに会ったことがあるんだよ。その方はもうお亡くなりになってしまったけど」

「へえ。なんていう方ですか？」

「んー、名前、ど忘れしちゃったな。人権教育に熱心な方でね」

「ふうん」

ジンケン教育ってなんですか？

ヒカルはそういう質問をしようとしたが、やめた。

彼はヒゲモジャおじさんに一礼して食肉処理場を出た。

ポジフィルムだったので現像だけで一時間以上かかった。

そのあいだ、サエからもらった香水を体につけてみることにした。
ヒカルはつかい方がわからなかった。
とりあえず、顔にかけてみた。
シュッシュッシュッシュッシュッ。
つづいて、首元に、シュッシュッシュッシュッシュッ。
つづいて、胸元に、シュッシュッシュッシュッシュッ。
つづいて、後頭部に、シュッシュッシュッシュッシュッ。
さいごに、おまけ。手首にシュッ。
一時間経過。
現像ショップで写真をうけとった。
写真演習の課題はモノクロだったので、ポジの現像をフィルムスキャンして、プリンターからグレースケールで出力した。
ヒカルはそれをもって学校へ直行した。
しめきりの午後四時にはなんとか間にあった。
ぎゅるる〜！
どこからともなく音がした。
「だれですか、変な音を出すのは？」
ヒカルはおもわずさけんだ。
ぎゅるぎゅるぎゅる〜！　ぎゅるぎゅるぎゅる〜！
その音はどんどん大きくなっていった。
そして、ヒカルは気づいた。
音が自分のお腹から鳴っていたことに。

食堂にむかった。
香水をつけたのに、鼻には豚さんの生々しい臭いがまだ残っている。
だが、ヒカルは気にせず、から揚げ定食を食券で注文した。
イスにすわり、肉をかんだ。
すると、いつも食べている肉とちがう感覚がした。
命を食べる。
なんとなくそういう感覚だった。
カツッカツッカツッ。
ハイヒールの音を立てて。
赤いタートルネックを着た女性が近づいてきた。
女性はヒカルのむかいに座り、爪先でテーブルをたたいた。
トントン。トントン。
女性は開口一番、こういった。
「サエちゃんとつきあってるの？」
次の瞬間。
ヒカルはブハッと米粒をはき出した。
ぎゃあああああっ！
女性の絶叫する声が食堂に響いた。
「す、すいません。そっちまでとびました？」あわてて謝るヒカル。
「きったねーな。ふきなよ」
女性はティッシュをテーブルになげた。
「ごめんなさい」
ヒカルはティッシュで米粒をひろいながら、女性に名前をきいた。
アヤと名のった。
彼女は日本画の学生で浪人時代、新宿美術学院という予備校に通っていた。

サエもそこに通っていたので、ふたりは面識があった。

アヤは先日、ヒカルとサエが屋上にいたとき、絵画棟のアトリエから、どうやらふたりの様子を見ていたらしい。

「キスしてたでしょ。ふたりとも丸見えだったよ」

「僕の誕生日だったので、サエさんからプレゼントをもらってただけです」

「なにもらったの？」

「ネックレスと香水です」

「へえ。よかったじゃん」

「まあ……」

「ねえ、さっきの質問にこたえてよ。つきあってるの？」

「いいえ。単なる知りあいです」

「うふふ。ウソでしょー。そんなふうには見えなかったよ」

「べつにつきあっていませんよ」

「じゃあ、なんでキスしてたの？」

「だれかは知りませんが、サエさんはつきあってる人がいるんですよ。それで、僕がふざけて『どうやってキスとかしてるんですか？』ってきいてみたんです。そしたら……いきなり……」

「キスされたの？」

「そうです」

「ふうん。ホントかなぁ。なんかあやしい。サエちゃんはいろんな子にアクセサリーとか贈ったりしてるけど、男の子にあげたっていう話はきいたことないなぁ。特別な人じゃないと、フツーそういうのあげないんじゃないかなぁ。ひょっとして、もうその彼と別れたんじゃない？」

「それは絶対ないと思います」ヒカルはブルブルと首をふった。
「そっか……、つまんないの……。あ、それじゃあさ、サエちゃんが学校をやめるって知ってる？」
「え？　やめるって、サエさんが？」
「うん。友達からきいたよ」
「なぜやめるのか、ご存知でしょうか」
「わからない。本人に聞いたら？　たぶん仕事が忙しいんじゃないのかな」
「仕事ってなんですか？」
「お父さんの会社の仕事」
「コームテミズのことですか」
「そう。知らないの？　サエちゃんは、コームのスカーフとか帽子とかデザインしてるんだよ」
「初耳です」
「なあんだ、やっぱキミ、単なる知りあいかもね」
「……」
「ヒカルくん。さっきからずーっと気になってたんだけどさ。香水くさいよ」
「えっ。わかります？」
「うん、めちゃくちゃにおう。まさか、サエちゃんからもらったやつ？」
「そうです」
「どれくらいかけたの？」
「こうやって、上半身にドバーッと」
　ヒカルは手をつかって説明した。

「つかい方、おもいきりまちがってるよ」
アヤはそういうと、ヒカルに正しい香水の使い方を教えた。
どうやら、適量より十倍ほど多くつけてしまっていたようだ。
ピンポンパンポン～♪
校内放送のチャイムが鳴った。
学生課がヒカルの名前を呼んだ。
「あ、僕だ。ちょっと学生課へ行ってきます」
「あれ？　視覚デザイン学科の矢内ってキミだったの」
「はい」
「さっきもこの放送あったよ」
「二回目ですか」
「私がきいたのはこれで三回目。さいしょはお昼ごろだったかな。急いだほうがいいかもよ」
「そうですね。では、またあとで」
ヒカルは食堂を出た。

「坂上先生の部屋に行ってください」
ヒカルは学生課の人にそう指示された。
三階に上がって坂上研究室のドアを叩いた。
どうぞ、と声がした。
ヒカルは、失礼します、といってドアを開けた。
そのとき、おもわず、あ！　と叫びそうになった。
坂上先生は、芸術祭の翌日、美術館の二階で警察と話していた先生だったからだ。
黒縁メガネ。太い体つき。たっぷりと蓄えたヒゲ。

そういう外見だったのですぐにわかった。
「はじめまして、矢内と申します」
「まってたよ。まあ座ってよ」
先生はゆるんだ表情でイスに手をむけた。
ヒカルはイスに腰かけ、話って何でしょうか？　とたずねた。
「なぜキミをよんだのか、わかるかね？」
「いいえ。わかりません」
「芸術祭のとき学校で起こった事件について話をしたくてね」
「事件てなんのことですか？」
「とぼけちゃダメだよ」
「刀が盗難されたことですか？」
「そうだよ。知ってるんじゃん。美術館に警察が入ったとき、キミもいたでしょ。学芸員の資格をもっている学生しかいなかったはずなのに、なぜ、あの現場にいたのかな」
「パトカーが止まってて、ちょっと気になったので、のぞきに行っただけです。美術館にはフツーに入れましたよ」
「盗まれた装飾刀について何か知っていることはあるのかね？」
「ユウジくんから、あの剣は元々、月島さんちの所有物だとおうかがいしましたけど」
「ほかに知っていることは？」
「とくにありません」
「本当に？」
「はい」
「矢内くんと月島さんは射撃部だよね？」
「はい」

「盗難がおきたあと、月島さんとは会ったのかな？」
「一度も会っていません」
「連絡もとっていないの」
「はい」
ヒカルが返事をすると、研究室のドアが開いた。
そして、背後から「先生、もう会議の時間です」という声がした。
ふりむくと、メガネの女性がいた。
ヒカルが頭を下げて礼をすると、女性はニコッとほほ笑んだ。
女性は整ったシンメトリーな顔立ちをしていて、日本人に見えなかった。
「矢内くん、ちょっとだけまってて」
坂上先生はそういって女性といっしょに廊下に出た。
研究室でひとりになったヒカルは。
机の上にある透明アクリルの地球儀をくるくるまわした。
しばらくすると、風の音が聴こえてきた。
ヒューンヒュンヒュン。
ヒューン……。
研究室の壁を見た。
床から天井まである本棚が美術関係の本で埋まっていた。
ヒカルは本棚のまえに立ち、『職人歌合』というタイトルの本を手にとった。
表紙には絵巻の写真が大きくのっていた。
ページをパラパラめくると。
竹の器をつかったフラワーアレンジメントの写真がのっていた。
「わお。キレイなお花」ヒカルはおもわず声を上げた。

解説に目をとおすと、こんな漢字がならんでいた。
『箕』『籠』『笊』『櫛』『箙』
ヒカルは一文字も読めなかった。
トントン。
ドアをノックする音がした。
どうぞ、とヒカルはいった。
坂上先生とメガネの女性が研究室に入ってきた。
「この人は助手の杉谷さん。日本人とイタリア人のハーフなんだ」
と先生が女性を紹介した。
「はじめまして、杉谷アンナと申します。よろしくね」
女性はおじぎをしてから耳にかかった髪を後ろに流した。
「それじゃ、アンナちゃん、あとはよろしく」
先生はそういって研究室を出た。
アンナさんはイスに座り、
「絵巻に興味があるの？」ときいた。
「べつにないです」とヒカルはこたえた。
「それ、絵巻の本だよ」
「たまたま、手にとっただけです」
ヒカルはそういって『職人歌合』を本棚にもどした。
「先生となにを話してたの？」
「ちょっと盗難のことを」
「ほかには？」
「それだけですよ」
「先生にはナイショにしておくから、ちょっと質問にこたえてくれない？」

「ナイショっていわれるとこたえづらいです」
「いいからこたえてよ。盗難がおきたあと、月島さんとは会っていないの？」
「会ってないですってば。それ、さっきも先生に同じことをきかれましたよ」
「正直に答えて、話もしていないの？」
「はい」
「ホントなの？」
「はい。なんでそんなことをきくんですか？　サエさんに何かあったんですか？」
ヒカルがいうと、アンナさんは眉をひそめた。
「なにがあったかは、矢内くんが一番よくわかっているはずでしょ」
「どういうことですか？　僕、なにも知りませんてば」
「結論からいいます。彼女は今、きびしい状況におかれています。学校側は月島さんを盗難事件における最重要人物として取りあげています。でも、学校側の判断で、そのことはまだ、警察には知らせていません」
「……」
「おどろいた？　そういうことなのよ。学校側は、この事件を警察抜きで解決したいと思ってるから、できれば、あなたたち学生に少しでも協力してもらいたいのよ」
「あのう……。サエさんは、犯人ていうか容疑者なんですか？」
「私からはなんともいえない……」
「学校は、サエさんを呼び出したりするんですか？」
「すぐに呼び出したりはしないと思う。そのかわり、ちょっと彼女の様子を探っていくことになるかもしれない」
アンナさんはそういうと腕を組み、ヒカルの顔をじっと見た。
ヒカルは目をあわせないようにして口を開いた。
「ごめんなさい。ウソつきました。盗難のあと、サエさんと会いました」
「やっぱり会ってたのね。いつ会ったの？」
「土曜日に学校で会いました」
「うん、それで」
「土曜日は僕の誕生日だったので贈り物をもらったんです」
「それで？」
「それだけです」
「月島さんの様子はどうだった？　なにか心境の変化とか感じた？」
「いえ。なにも。いつもどおりでした」
「ホントに？」
「香水をもらったんですが、受け取ったとき、ちょっと抱きつかれました」
「あなたたち、つきあってたの？」
「つきあってませんよ」
「香水をもらってからどうしたの？」
「サエさんは、用があるから、といってすぐに帰りました。それからいままで、会ってもいないし、しゃべってもいません」
「そう。こたえてくれてどうもありがとうね。それじゃ、ちょっと見てほしい映像があるの」
アンナさんはそういってから研究室のテレビに電源を入れ、ビデオテープを再生した。

　テレビのモニターに美術館内の映像がながれた。
　画面右端には展示されている黄金の剣が映っている。
「監視カメラの映像ですか？」とヒカル。
「そうよ」とアンナさん。
「ここ、よく見てて。剣があるでしょ」
　アンナさんが黄金の剣を指した。
　そして、リモコンで再生と早送をくりかえし、ある場面で一時停止して、
「次。次。よく見ててね」
　とヒカルに注意をうながした。
　映像が再生された。そのわずか五秒後。
　パッと剣がなくなった。
　瞬間移動して消えたように見えた。
「なにこれ？」ヒカルはキョトンとした顔で質問した。
「刀が盗まれた瞬間よ。消えて無くなったでしょ」
「はい」
「もう一度、再生するからよく見てて」
　アンナさんは、映像をすこし巻きもどして再生した。
　ふたりは剣が消える映像を再び見た。
「なんで消えるんですか？　これ、編集した映像ですか？」
　ヒカルは身を乗り出して質問した。
「ちがうの。監視カメラで記録した映像、そのまんまなの」
「そのまま……？」
「そう。この監視カメラの映像はセキュリティ会社にリアルタイム送信されるようになってるんけど、

犯人が、映像の送信システムになにか手をくわえて、盗難をした瞬間、時間にしたらわずか数秒のあいだ、送信システムを狂わせたのよ」

「だからこういう映像が……」

「そう」

「監視してる意味ないじゃん」

「しょうがないでしょ。だってね、警察がいってたんだけど、これ、シロウトができることじゃないんだって、ぜったいプロの仕業なんだって」

「盗難のプロ？」

「そうよ。しかも、ひとりでできることじゃないわ。複数犯の可能性が高い」

「犯人は学生なんですかね？」

「まだ、はっきりわからないけど、学校関係者であることは間違いないと思う」

「はっきりわからないのに、なんでサエさんを疑ってるんですか？」

「私はちっとも疑ってないわ。あの子はぜったいこんなことをするような子じゃない」

「じゃあ、なんで僕にサエさんと会ったかどうかなんてきいたんですか？　いかにも疑ってるかんじじゃないですか」

「彼女は犯人じゃないし、犯人とも関係ない。私はそれを学校側に証明するために、彼女に関する情報をあつめてるだけ」

しばらく沈黙。

ヒカルはゆっくり口を開いた。

「誕生日の日、サエさんにキスされました」

「え！　月島さんはあなたのことがスキだったの？」
「ちがうと思います」
「じゃ、なんでキスされたの？」
「よくわかりません」
「矢内くんのことがスキってことでしょ？」
「いや。よくわからないんですよ、それが」
「そうじゃないとしても、彼女の心境が変化したのかも」
「なにか目的があって僕に好意を抱かせようとしてるんですかね」
「彼女とじっくりかかわってってみれば、はっきりしてくるんじゃないの？」
「そうかなあ……」
「矢内くんは月島さんのことをどう思ってるの？」
「学校の先輩」
「そうじゃなくて、スキかどうかきいてるの」
「べつになんとも思ってません。どっちかっていうとスキじゃない」
　ヒカルがそういうと、
　チッ！　なんだとこのやろう。
　とアンナさんが小声でいった。
「え？　え？　今、なんていいました？」
「あらやだ。ごめんなさい。おほほ」
「今、『なんだとこのやろう』っていいませんでした？」
「あんた耳が悪いんじゃないの？　そんなことはいーからさ。これはチャンスかもよ。月島さんとつきあってみれば？」
「イヤです。てゆーか、なんのチャンスですか？」
「彼女が犯人じゃないって証明できるチャンスよ。つきあってみて、そのチャンスを生かすのよ」
「イヤです」
「なんで？」
「だって住んでる世界がぜんぜんちがいますもん」
「そんなの関係ないでしょ。男ならガツンといっちゃいなよ」
「絶対イヤです」
「なんでよ？」
「イヤなものは、イヤなんです」
「だめ！　月島さんとつきあいなさい。これは命令よ。彼女が犯人じゃないって証明できるのはあなたしかいないのよ」
「なんか、意味がわかりません。サエさんが犯人じゃないなら、わざわざ僕がつきあったりする必要はないと思います。だいたい僕はアンナさんの操り人形じゃないですよ」
　ヒカルがそう主張すると。
　アンナさんは血相を変え、机をバンッとたたいた。
「あんた、サイテー！　男としてサイテー！　こっから消えて！」
　彼女は立ち上がり、ヒカルを研究室から追いだした。
　バターン！
　ドアが閉まる音が廊下に響いた。
　なんであんなにキレてるんだろ、とヒカルはつぶやいた。

　その日の夜。
　宿舎でＥメールをチェックした。
　「ＨＡＰＰＹ　ＨＡＰＰＹ　ＢＩＲＴＨ　ＤＡＹ」
　と題したメールがとどいた。

ヒカルがかよっていたインターナショナルスクールは、マリスアカデミー杉並校（通称マリアカ）というユダヤ教の学校だった。

メールをくれたのはマリアカ時代の同級生、ジョンだった。

彼はアメリカ財閥の家庭に生まれたおぼっちゃんだ。

ヒカルはすぐに感謝のメールを返信した。

すると、ジョンから。

チャットをやろうぜ。

と再返信メールがとどいた。

まもなくして。

ヒカルとジョンは、アメリカ語で次のようなやりとりを交わした。

Ｊ＞ハロー、ヒカル。ひさしぶりだね。

Ｈ＞ハロー、ジョン。どーもひさしぶり。

Ｊ＞お誕生日おめでとう。
　　もう、十九だね。日本での調子はどうだ？

Ｈ＞まあまあかな。キミは？

Ｊ＞さっき、株式投資でプチ稼ぎをした。

Ｈ＞投資？　株をやってるの？

Ｊ＞ああ。

Ｈ＞いつから？

Ｊ＞生まれる前から。

Ｈ＞すごいね。
　　そういえば、マリアカで株取引のレッスンがあったよね。

Ｊ＞あんなのはぜんぜん実践的じゃない。

Ｈ＞へえ、そうなの。で、いくら儲けたの？

Ｊ＞二百万ドル。

Ｈ＞マジ？

Ｊ＞マジ。だいたい三分くらいで。

Ｈ＞うわ～、すごいな。
　　でもさ、ジョンは株なんかしなくても元々お金持ちじゃん。

Ｊ＞株取引はヒマつぶしの道楽でやってるだけだ。

Ｈ＞道楽だとしても、僕にはマネできない。

Ｊ＞株を買ったことは、ないのか？

Ｈ＞ないよ。

Ｊ＞おもしろいぞ。いちどやってみろ。

Ｈ＞イヤだ。お金を損しちゃいそうでこわい。

Ｊ＞バカ。びびってどうすんだ。

Ｈ＞てゆーか。株を買えるほどお金がない。

Ｊ＞資産はいくらもってるんだ？

Ｈ＞五万円弱、口座にある。

Ｊ＞おまえ、いつからそんなルンペンになったんだ？

Ｈ＞だって僕、学生だし働いてるわけじゃないもん。

Ｊ＞学校なんかやめてオレみたいに株やれば？
　　あ、そうそう、イェール大学やめちゃった。

Ｈ＞え～！　なんで？

Ｊ＞サークル仲間とケンカして。

Ｈ＞仲直りしなよ。

Ｊ＞ダメだね。もう退学届けを出した。

Ｈ＞なんでそんなことでやめるのさー。
　　なんのサークルに入ってたの？

Ｊ＞『頭骸骨と骨』というサークルだ。

Ｈ＞それって名前なの？

Ｊ＞そうだ。

Ｈ＞クールな名前だね。なにをやってるサークルなの？

Ｊ＞野蛮人がダベってるだけさ。

Ｈ＞へえ。そういうサークルって僕の学校にもあるよ。
　銃なんとかっていう。

Ｊ＞ダベってるだけなら無害だ。
　『頭骸骨と骨』は限りなく有害だ。
　メンバーの中にドラッグ中毒がたくさんいるんだ。
　オレはそんな野蛮な連中とはつきあいたくない。

Ｈ＞ふうん。実は今、僕も学校をやめたい気分でさあ。
　退学したいっていう気持はわからなくもないなあ。

Ｊ＞気分で学校をやめるのか？

Ｈ＞うん。僕の人生すべて気分。

Ｊ＞やめてどーすんだ？

Ｈ＞わからない。なんにも決めてない。

Ｊ＞バカだな。株やれよ。

Ｈ＞僕のことはいいからさ。
　ジョンがやめたとき親はなんていったの？

Ｊ＞なにもいわれてない。

Ｈ＞ノーコメントだったの？

Ｊ＞うん。あきれて、なにもいうことがなかったのかも。

Ｈ＞きっとそうだよ。僕が親ならぜったいにしかる。

Ｊ＞オレは親にしかられたことがない。

Ｈ＞一度もないの？

Ｊ＞ない。どんな悪さをしても、しかられたことがない。

Ｈ＞うわ。あきれた〜。

Ｊ＞ところで、ヒカルに相談があるんだけど。

Ｈ＞なに？

Ｊ＞日本でアートのビジネスをしたいんだ。

Ｈ＞やめたほうがいいよ。

Ｊ＞なんで？

Ｈ＞日本にアートのマーケットってないから。

Ｊ＞まったくないのか？

Ｈ＞うん。ゼロ。お金あるならアニメにでも投資すれば？

Ｊ＞おお、それはおもしろそうだ。
　日本のアニメーションは大スキ。
　ジブリとプロダクション・アイジーの作品は全部見てるぞ。

Ｈ＞ジブリなら、今、こっちで『カミカクシ』っていうアニメが放映中だよ。
　日本の映画史上最大の集客率らしいよ。
　でも、製作コストはきみにとって安いかもしれない。

Ｊ＞いくらだ？

Ｈ＞映画学科の友達に一六〇〇万ドルってきいた。

Ｊ＞はあ？　アニメってそんなに安くつくれるの？

Ｈ＞でしょ？　安いでしょ？
　だから、アニメ会社でもつくってみれば？

Ｊ＞イヤだ。オレはあくまでも投資にこだわりたい。

Ｈ＞あ、それならさ、現場のアニメーターに興行収入を還元できるような仕組みをつくってもらいたいね。

Ｊ＞仕組みってなんだ？

Ｈ＞日本では、アニメーターは社会的地位が最も低い職業のひとつなんだ。

そこが、アメリカと違うところさ。

日本の場合、アニメーターには利益が還元されないため、彼らの多くは年間一万ドル以下の生活を強いられている。

Ｊ＞一万ドル？？？？？

ほとんど乞食だな。

Ｈ＞そう。だから、ちゃんとアニメーターに利益が還元されて、彼らがすこしでも豊かになれるような仕組みをつくってほしい。

Ｊ＞出資でもして、アニメプロデューサーにでもなれってか？

Ｈ＞うん。たぶんそんなかんじ。

Ｊ＞乞食アニメーターは、年間一万ドルでどうやって生活してるんだ？

Ｈ＞僕はアニメーターじゃないから、そんなのわからないよ。

こうして無駄話をしていると。

あっというまに一時間が経過した。

ヒカルはあるエピソードについて思い出した。

それはグレイドナイン（中学三年）のときのできごとだった。

ある日、ヒカルがダイエットコーラを飲んでいると。

アメリカ財閥のおぼっちゃんであるジョンが、

「そんなまずいジュースを飲むな。ペプシを飲め」

とせまってきた。

あくる日、ヒカルはいわれたとおり、ダイエットペプシを学校にもって行った。

すると、イギリス財閥のおぼっちゃんであるリチャードが、

「そんなまずいジュースを飲むな。コーラを飲め」

とせまってきた。

そのまたあくる日、ヒカルはダイエットコーラとダイエットペプシを学校にもって行った。

こんどは、ジョンとリチャードのふたりがやって来て、

「どっちかにしろ」とヒカルにいった。

「両方ともおいしいから飲んでみれば？」

ヒカルはそういって、ジョンにダイエットコーラを。

そして、リチャードにダイエットペプシをわたした。

「こんなもの飲めない」

「オレも飲めない」

ふたりはそういいあって、ジュースを交換した。

そして、グビッと一口。

「「こっちのほうがウマイ」」

ふたりは口をそろえてそういった。

このとき、ヒカルはちょっとしたイタズラをしておいた。

ジュースの中身をいれかえておいたのだ。

実はね、とふたりにイタズラしたことを教え、

「ほらあ、僕がいったとおり、やっぱ両方ともおいしいじゃん」

とヒカルはいった。

すると、ふたりは、ぷっつんブチぎれ。

「ファーック！　ジャップ！　死ね！」
とジョンはさけんだ。
「くそったれ！　イエローのくせに生意気なんだよ！」
とリチャードはさけんだ。

ヒカルはチャットで、このエピソードについて書きこんだ。
するとジョンは、そんなことは覚えていない、とレスポンスした。

3

十月二日。火曜日。正午。ケータイに非通知の電話がきた。

ヒカルは無視していたが、五回目の着信で発信キーを押した。

「おい！　チュチェ！　なにシカトしてんだよ」

「え？　どなたですか？」

いきなりの怒鳴り声でヒカルはとまどう。

「『どなたですか』じゃねえよコノヤロウ！」

「はい？」

「あ、もしもし、矢内。油絵のクニです」

声の調子がかわった。

相手は銃器開発研究会二年のクニオくんだった。

「あ、クニオくんですか。さっきの人は誰ですか？　ものすごく怒ってたようなかんじでしたけど」

「そのまえに、ちょっときいてよ。銃開研の部室が閉鎖されちゃった」

「閉鎖？　なんで？」

「盗難事件の取調べとか、なんとかで。部室のなかのもの、警察にぜんぶもってかれた」

「ぜんぶってエアガンだけで百丁以上はありましたよね」

「それだけじゃない。いま、ぶちギレてたのは東京工業大六年生のヤスダって人で。うちに雑誌を提供してくれてた人なんだよ」

「提供って無料でもらってたの」

「うん、それが警察に一冊も残らずぜんぶ押収されちゃって。ヤスダさんとかほかのみんな、頭が鬼ふっとう中」
「押収されたのはいつ？」
「きのう」
「雑誌ってどれくらいあったの？」
「『アーミーグラフィック』と『バトルウィング』七年分のバックナンバー」
「七年分！」
「あと『ワールドミリタリー』九年分かな」
「……」
「ほかにもね、ピストルの図鑑とか、軍事関係の本とか。じぇ〜んぶもってかれた。もうむかつく！」
「……」
「盗難事件の取調べってなんなんだよ！　ポリ公！　おまえらが盗難してるんじゃんかよ！」
「……」
「もしもし、きこえてる？」
「あ、はい」
「ねー。あれって、ぶっちゃけ犯人は月島なんでしょ？」
「え？　そうなの？」
「ぜったいそうだって」
「はあ……、知りませんでした」
「ホシは百パー月島。だから、フツー、取調べされるのは射撃部だろうが。何で関係ないおれらが疑われるわけ？　あいつが学校とか警察に、何か勝手なことを吐いたとしか考えらんねえ」
「……」

「矢内、今どこにいるの？」
「自分ちです」
「今すぐこっち来れない？」
「これからですか？」
「うん。銃開研とちょっと話そうぜ」
「明日じゃだめですか？」
「だめ」
「今日、夕方からからバイトがあるんですよ」
「まだ間に合うじゃんかよ。ちょっとぐらいいいだろ」
「……わかりました」
　ヒカルはしぶしぶ返事をして、ケータイをきった。

　学校につくと、クニオくんから第三撮影スタジオへ向かうよう指示された。
　ヒカルはスタジオに入った。
　そこには、銃器開発研究会のメンバーが何人かいた。
「おい。誰かさんのせいでオレら犯人扱いだよ」
　ユウジくんがそういった。
　そして、モスバーグＭ５００の銃身でヒカルの頭をゴツンとたたいた。
「いて！」
「おい。チュチェ。どうしてくれるんだよ。部室の中、スッカラカンだよ。これって誰のせい？」
「わかりません」
「月島にきまってるだろバカ！」

「いや。サエさんは関係ないですよ。たぶん」
「たぶんてなんだよ。犯人はあいつだろ」
「サエさんが犯人ていう証拠はあるんですか？」
「あるよ。バリバリあるよ」
「え！」
「ねえ。あるよね？」
ユウジくんがうしろにいる銃開研の部員にきいた。
「ユウちゃん。まさか、監視カメラに月島が映ってたって話、信じてるの？」
とイングラムＭ１１をもった学生がいった。
「……映ってなかったの？」
ユウジくんは質問したまま動かなくなった。
それから、銃開研のメンバーがぼそぼそとしゃべりはじめた。
「チュチェって事件のことなーんも知らないのかな」
「素でなにもわかってなさそう」
「実はなにもわかってないのユウちゃんだったりして」
「あはは。だよね。監視カメラの話、本気で信じてるし」
「ところで、なんでチュチェを学校に呼んだの？」
「つーか誰が呼んだの？」
「「「さあ？」」」
「だから、ユウちゃんがテンパって勝手に呼んだんだってば」
「どうでもいーけど、チュチェって学校で月島とキスしてたらしい」
「「「ウソ！」」」
「逆玉ねらいか？」
「金のためなら年上でも好きになるんだね」

「うわ。それ最悪。逆玉って生きてる意味あんの？」
「月島ってあんがい、胸デカそうじゃない？」
「バカ！　おまえ撃たれるぞ。一秒で殺されるぞ」
「月島ってそんなにすごいんか？」
「ライフル西日本高校選手権で準優勝したことあるらしい」
「「「マジで!?」」」
「しかも一位とほとんど点差なしで」
「それ、けっこう有名。おれもきいたことある」
「でも月島が銃を持ってるの見たことないな」
「おれも」
「おれもない」
「おれもねえや、そういえばさ……」
　こんな雑談の様子を見ていたユウジくんが、
「こらあ！」
　と、とつぜん怒鳴った。
「うわ。びっくりした。なにいきなりきれてるの？」
　とクニオくんがいった。
「月島のことが好きだからってコイツせめてもしょうがないでしょ」
　とイングラムM１１をもった学生がいった。
「そうだよ、やっぱ月島をよばなきゃ」
　コルトM１６A１をもった学生がつづいてそういった。
　ユウジくんは顔を赤らめた。
　彼はモスバーグの銃口でヒカルを指し、
「おい。チュチェ。いまの話はきかなかったことにしろ」といった。
「いまの話ってサエさんのことですか？」

「そうだよ」
「ユウジくんてサエさんのことがスキだったんですか？」
「だからウソにきまってるだろ」
「ユウジくんてサエさんのことがスキだったんですか？」
「うるせー、しつけんだよバカ。おまえさっさといなくなれよ」
「もう帰っていいんですか？」
「帰れよ」
　ヒカルはそういわれ、撮影スタジオを出ようとした。
　すると、迷彩服を着ている学生がヒカルに声をかけた。
「ちょっとまって、東工大のヤスダなんだけど」
「あ、さきほどお電話をくれた方でしょうか？」ヒカルはきいた。
「そう。しつこく電話してたの、おれじゃなくてクニちゃんだから」
「銃開研にたくさん資料をご提供なさっていたようですね」
「あれ、集めるの大変だったんだよ」
「ああ、どうもごくろうさまです。しかたないですよね。事情が事情なので。もし、なにかお役にたてることがあれば協力しますよ」
「月島って女、盗難事件と関係してるから府中警察に呼ばれたんでしょ？」
「盗難品と彼女には関係があるようです。でも、盗難事件と彼女になにか関係があるのかどうか、僕にはわかりません」
「関係あるから呼ばれたって、ユウくんからきいたんだけど」
「うーん……、くわしいことはよくわからないです」
「あのさ、もし呼ばれてたなら、その女に、府中警察が押収してった雑誌とかモデルガンとり返してもらうように頼んどいて」
「わかりました」

「絶対にね」
「はい、約束します」
「ところで、月島ってどういうひとなの？」
「どういうってフツーのひとですよ」
「かわいいの？」
「まあまあフツーです」
「かわいいのか、かわいくないのか、どっちなんだよ」
「客観的に見ると、かわいいかもしれませんが、主観的に見ると、それほどかわいくないです」
「目がキレイな子だってユウくんがいってたぞ」
「ヤスダさんが着ている迷彩服のほうが、よっぽどキレイですよ」
「え！　マジかいな！　これね、韓国の高校生が『軍事教練』で着るヤツなんだ。もうなくなっちゃった科目なんだけどさ。留学で日本に来てる韓国の友達に売ってもらったんだ。このヒョウ柄、超カッコいいでしょ」
「軍服には似合わない模様が、カッコいいというより、むしろ、カワイイかんじがしますね」
「あ？　おまえ、バカにしてんの？」
「いいえ、うらやましいです、僕が売ってもらいたいくらい」
「いやだ。売らないよ。欲しかったら、警察が盗んでいったもの、はやく取り返してきてよ。そしたら売ってやるよ」
「わかりました。もし、射撃部がご迷惑をおかけしていたらすみません」
　ヒカルはそういって撮影スタジオを出た。

帰る前に射撃部の部室を見に行った。
特に異常なし。
こんどは、銃開研の部室を見に行った。
若干異常あり。
入り口のドアにはってあったナチスのカギ十字のステッカーがはがされている。
そして、部室の壁には大量の落書き。
『ザマーミロ』
『祝！　閉鎖』
『社会のゴミ』
そういう誹謗中傷の言葉で埋めつくされている。
「ヒカルっち、なにしてんの？」
うしろから声がした。
銃開研のミヤちゃんだった。
「部室が閉鎖されたときいたので見に来たんです。ひどいですね、この落書き」
「それ、ぜんぶオレっちがやったんさ。あははは」
「え！　な、なんでぇ？」
「自作自演で攻撃する動機をつくりたかっただけ」
「攻撃ってなにを攻撃するんですか？」
「マル研に決まってんじゃん」
「なんで攻撃するんですか？」
「そんなこたぁいーからさ。焼きイモ焼いてるんだけど、食う？」
「食べたい」
「じゃ、カモン」

ヒカルは部室裏へ案内された。
もくもくと落ち葉が燃えるにおいがたちこめていた。
「いま、ちょうどできたとこなんだ。ほら」
ミヤちゃんがたき火からサツマイモをとりだし、半分におってヒカルにわたした。
ふたりはサツマイモを口にいれた。
もぐもぐ……。はぐはぐ……。
「スウィートポテチ、サイコーだね」とヒカル。
「だね」とミヤちゃん。
もぐもぐ……。はぐはぐ……。
ヒカルはとつじょ、両手を天にかかげ、大声でさけびだした。
「おお！　我が偉大なるパープルエンジェル！　おお！　そなたはなんと美しいクリーム色の肌をしているのか！　そなたは我のノドを苦しめる！　だが、それはそなたの欠点ではなく、そなたの個性なのだ！　おお！　そなたはかけがいのない存在である！」
「……」
ミヤちゃんは黙ったまま。
なにいってんだ。コイツやべぇ。
というかんじの目でヒカルを見た。
たき火が消えそうになった。
ヒカルは木の棒で落ち葉を火の真ん中によせた。
すると、落ち葉の中から外側だけ焦げた一冊の本が出てきた。
ゴロン、ゴロン。
ヒカルは焦げた本を棒で転がした。
『坂の上——』という表紙のタイトルの文字がうっすらと確認する

ことができた。
「ミヤちゃん、これ、燃やしちゃっていいの？」
「うん。外国のインチキ詐欺財団がバカに書かせた本だから、べつに燃やしちゃってかまわない」
「でも、おもしろそう」
ヒカルは焦げた本を拾ってページをめくろうとした。
「やめなよ。読むとバカになるよ」
ミヤちゃんがヒカルの手をおさえた。
「大丈夫。僕はこれ以上バカにならないから」
「ダメだってば！」
ミヤちゃんは焦げた本をヒカルからうばい、たき火の中につっこんだ。
「なんなの、もう、チェッ」
ヒカルはそういって、ミヤちゃんにオナラをふっかけた。
プスッ！
「うわ！　くせーな！　なにすんだよ！」
「えへへへ。最臭兵器をつかってみました」
「つまんないよ！　うおっ！　ヒカルっちの屁、マジでくさい！」
「えへへへ」
「えへへへ、じゃねーっつーの！」
「ゴメン。許して」
「許さん！　お茶買ってこい！　さもないと屁で仕返しすんぞ！　オレっちの屁はヒカルっちのやつより９３１倍くさいぞ！」
「わかりました。ちょっとまってて」
ミヤちゃんのオナラを恐れたヒカルは。

すぐさま、お茶を買いに行った。

その日の帰り。

駐車場に行くと、カブの近くに三人の女性が立っていた。

「矢内くん、ちょいストップ」

ヒカルがカブに乗ろうとしたとき、一人の女性がそういった。

女性は白いタートルネックを着て首にリボンをまいている。

「かわいいリボンですね」とヒカルはいった。

「わお。ありがと」

「なんで僕の名前を知ってるんですか？」

「知ってちゃ悪い？」

「いえ、べつに」

「私、マイコってゆーの。よろしくね」

リボンの女性がそういうと、ほかのふたりも自己紹介をした。

浅木ナルミ、星奈アイカ、と名のった。

マイコとナルミは文化工芸学科の一年生でヒカルと同い年だった。

アイカは映画学科の三年生でふたつ年上だった。

「ねえ、ゴルフ部に入らない？」とナルミがいった。

「中美にゴルフ部なんてあるんですか？」とヒカルはききかえした。

「サークルじゃないよ。東京美術大の人たちとつくった部活だよ」

とマイコはいった。

「ゴルフって楽しいんですか？」

「あたりまえじゃん」とナルミ。

「なんで僕を？」

「ゴルフ部に入るには条件があって、恋人同士じゃないと参加することができないの」とマイコ。
「僕にパートナーになってほしいんですか？」
「ちがうよ、バカ。みんなはもう入部してるの。矢内くんは月島ねえさんを誘うんだよ」
「え？　サエさんを？」
「そうだよ。彼女なんでしょ？」
「ちがいますよ。誰からきいたんですか、そんなこと？」
「いろんな人から」
　マイコはそういうと。
　ね、そうだよね。
　とナルミとアイカに確認した。
　ふたりは、うん、とうなずいた。
　いろんな人って誰ですか？
　とヒカルはきこうとしたが、別の質問をした。
「ゴルフの道具って高くないですか？」
「ゴルフ部が貸してあげるから、そのへんのことはだいじょうぶ」
「興味はありますけど……。サエさんがオーケーしてくれるかどうか、わかりません」
「いま、公認したね。おつきあいしてること」マイコがいった。
　いや、ちがいます、とヒカルは首をふって否定した。
「マイちゃん、変なうわさは信じないほうがいいですよ。サエさんとは単なる友達です」
「友達でもなんでもいいからさあ、私、一度あの人とお話ししてみたいんだよね。月島ねえさんは東京美大の部員たちと知り合いみたいだからさ、誘えばきっと入部してくれるよ」

「東京美大の方たちは、どこでサエさんと知り合ったんですか？同じ予備校だったんですかね？」
「ちがう。メタモで知りあった」
「メタボってなんですか？　メタリックボディのことですか？」
「メタボじゃなくてメタモ！」
「メタモ？」
「そう。野外のテクノイベントだよ」
「へえ、そういうのがあるんですか……。ところで、マイちゃんて、どうしてサエさんのことを『ねえさん』て呼んでるんですか？」
「ホントのお姉さんみたいな存在だからよ。ねえさん、て呼んじゃいけないの？」
「いや、別にかまわないんですけど、でも話したことがないんですよね？」
「一回だけならあるよ。陶芸工房で機械の使い方を教わったんだ。すごい優しくてキレイな人だった。私はセラミック専攻でクラスも学年も違うけど、月島ねえさんの仕事はすごい刺激になるんだ」
「サエさんの専攻って宝石ですか？」
　ヒカルがそう質問すると、三人は急に笑いだした。
　うきゃきゃきゃきゃきゃ！　ぎゃははは～！
「超うける。ゴホゴホッ」
　ナルミは笑いすぎてせきこんだ。
「サエちゃんはガラスだよ」とアイカがいった。
「あのね。文化工芸に宝石の専攻なんてないからね。彫金工房でアクセサリーとかつくってる人、たまにいるけどさ」
　ナルミはそういうと。

あ、来たよ、とむこうからやってくる友達らしき女の子を指した。
「ねっ、そういうわけで、月島ねえさんを誘ってみてよ」
マイコはヒカルの胸をポンとたたいた。
ナルミとアイカも、マネするかんじでポン、ポン、とたたいた。
そして三人は、むかってくる女の子のところへ走っていった。

深夜。午前零時半。
カサハラアーキテクトから帰宅したヒカルは。
フォトボックスから一枚の写真をとりだした。
フレームには、射撃場を背景にヒカルとサエとマサヤさんの姿が写っている。
それは、射撃部がロサンゼルスにあるポリスアカデミーの定期実射試験を見学したとき、現地の人に撮影してもらった写真だった。
ヒカルはフトンにもぐって。
眠くなるまでその写真を見つめた。
浅い眠りについたころ、ケータイがなった。
サエからの電話だった。
「はい、もしもし、矢内です」
「おまえ、どこにおるん？　まだ帰ってへんの？」
「たったいま、帰ってきたところです」
「ずっと電源きっとったやろ」
「ええ、すいませんでした。なにかごようですか？」
「べつに。ヒマだから電話しただけ」
「ああ、ちょうどよかった。僕も電話しようとしてたんですけど、もう遅いかなあと思いまして」

「平気やって。ぜんぜん遅くないねん」
「そうでしたか。あのう、サエさんてゴルフとか興味あります？」
「私、めっちゃ上手いよ。最近、練習してへんけど」
「え！　ゴルフやってたんですか？」
「うん。お父さんの知りあいに武術の先生がおってね。その人にしょっちゅうゴルフ場連れてってもらってたことあんねん」
「へえ。いつごろですか？」
「中学んとき」
「ずいぶんまえからやってたんですね」
「そやね」
「すごいなあ。ゴルフってやっぱり金持ちのスポーツですよね」
「ちゃう。それまちごうとるでぇ。ゴルフは庶民のスポーツや」
「庶民？」
「うん。どしたん急に？　ゴルフしたいんか？」
「えーと、えーとですね……。あのう、中美にゴルフ部というのがありまして……」
「知っとるよ。アイツらがどないしたん？」
「なんだ、知ってたんですか」
「うん」
　プルルルル。
　家電話が鳴った。
「あ、サエさん。ちょっとまっててください」
　ヒカルはそういってケータイを枕元におき、受話器をとった。
「もしもしおれだけど」とユウジくんの声がした。
「はい、なんでしょうか」

「あのさあ、今日さ。銃開研のエアガンとか資料が警察にぱくられたこと、きいたでしょ」
「はい」
「あれね、だいじょうぶだって」
「へ？　といいますと？」
「クラブ棟に未使用の部室が一個あるじゃない」
「ええ」
「事件の当日にね、部長と副部長がそこに全部移動させたんだって」
「雑誌とエアガン全部をですか？」
「うん、不吉な予感を察知した、とかなんとかいってさ。しかも、部室を閉鎖したのもふたりのしわざだった」
「あー……」
「ふだんから、怪しいものなんか置かなきゃいいのにね」
「おふたりはなぜ今まで黙ってたんでしょうか」
「おれはそれよりも、どうやってあの量の雑誌を、ふたりだけで移動させたかってことのほうが謎だけどな」
「……」
「まあいいや。てことで、いきなり呼びだしちゃったりして、ごめんね。おこってる？」
「いえいえ。べつにおこるようなことじゃないですよ。気にしないでけっこうです」
「そっか、ごめんね。あのさ、話、関係ないけど、チュチェってホントに月島とつきあってるの？」
「いいえ。つきあってません」
「キスしたんだろ？」

「してません」

「正直にいえよ」

「してません。友達でもないです。あの人とは」

「同じサークルじゃねえかよ」

「でも、あんまり親しくないですよ」

「なんで？」

「なんでっていわれても……」

「練習のときとか話したりするだろーが」

「練習では、射撃以外のことを話題にしてはいけないという暗黙のルールみたいなものがありまして……」

「うそつけ」

「ホントですよ」

「プライベートの話とかもだめなの？」

「基本的にだめですね」

「月島って男に対してめちゃくちゃドライだよな」

「はい」

「月島って好きな人はいるのかな？」

「わかりません」

「……そうか」

「ユウジくんはサエさんのことが気になるんですか？」

「ていうか、ぶっちゃけ告りたい」

「あ、さようでございますか。でも、サエさんのこと、今回の事件のことで疑ってますよね」

「それは作戦だ」

「え!?」

「今回のことに限らず、オレはいろんなヤツに、月島はサイテーな女だといいふらしてる」
「どうしてそんなことするんですか？」
「だから、作戦なんだってば。月島がサイテーな女だって知れわたれば、だれも告るヤツなんかいなくなるだろ？　あいつが盗難の犯人かどうかなんて、ぶっちゃけどうでもいいんだよ。あいつを悪者にしたてあげることがオレの目的なの。で、ライバルがだれもいなくなったところで、告ってゲットするっていう作戦なわけ。わかった？」
「ええ……。すごい執念と熱意ですね」
「こんど月島と会ったらさ、好きな人がいるかきいといてほしいんだけど」
「こわくて、きけません」
「なんとなく、こう、漠然とでいいからきいてみるんだよ。きくだけなら簡単でしょ」
「ううん……。難しいけど、なんとか……」
「きいといてくれる？」
「はい」
「そしたらさ、あとで連絡ちょうだい」
「了解しました」
「じゃよろしく」
「はい、ではさようなら、おやすみなさい」
「おやすみ」
ヒカルは受話器をそっとおき。
ダダダ！　とベッドまで猛ダッシュしてケータイをつかんだ。

「お待たせしてすいませんでした」とヒカル。
「あはははは。どないしたん？」
「ちょっとトイレにいってました」
「あははは」
「なんで笑ってるんでしょうか？」
「走ってくる音がしたから」
「家の中で走るのっておかしいですか？」
「おかしくないけど、うけた」
「あの、ゴルフのことなんですけど」
「ああそうや、やってみたいの？」
「はい。実はゴルフ部の人に入部しないかって誘われたんですよ。いちお、オーケーしておいたんですけど、入部には条件がありまして……」
「なんや条件て？」
「ひとりでは受け付けてないんですよ。ふたりじゃないとだめらしいんです」
「チームにするからやろ？」
「あ、たぶんそうです。いっしょに入部しませんか？」
「入部ってなんやねん。部活でもないのに。単にゴルフ好きが集まって練習場とかでゴルフしとるだけやん」
「なんだ、そうだったんですか」
「ゴルフはホールで打ってなんぼや。練習場じゃ上達せーへんし時間の無駄や。なんだったら私がホールでマンツーマンで教えたろか？」
「え！　いいんですか？」

「かまへんよ」
「ふたりだけでいいんですか？」
「ふたりだけのほうがええやん」
　次の瞬間、ケータイの電池がきれた。
　ヒカルは固定電話からサエのケータイにかけなおした。
　でも、何度かけてもつながらなかった。
　ヒカルは、ま、いーか、とあきらめて寝ることにした。

　それから三日後の金曜日。
　閉店まぎわの学校の食堂でサエを見つけた。
　彼女は窓際の席で友達とアイスコーヒーを飲んでいた。
　ヒカルが近づくと、いっしょに座っていた友達は気をつかってか、
「サエちゃん、じゃーね」
　といって、いなくなった。
　ヒカルはサエのとなりに座って、三日前に電話で話したことを確認してみた。
　サエは泥酔していたらしく、記憶があいまいだった。
「僕と話してたこと、忘れちゃったんですか？」
「ヒカルがゴルフ部に入りたいっていってたような気がする」
「ほかに覚えてることは？」
「それしか覚えとらん」
「サエさんが直接おしえてくれるっていってたんですよ」
「ゴルフをか？」
「はい」
「そんなこというたっけか？」

「いってましたよ」
「ほな、いつにする？　練習場につれてったげるよ」
「そのまえに道具をそろえないと」
「私のアイアンセットあげっから、べつに買わんでもええよ」
「いえ、自分で買いますって」
「アホ。買わんでもええってゆうとるやろが。私の中古じゃイヤなんか？」
「いえ、すいません。じゃあつかわせていただきます。なんか、わるいですね」
「かまへんて」
「ありがとうございます」
サエはグラスをつかみ。
ズズズズズ。ズズズズズ。
と、ストローで音をたててコーヒーを飲みほした。
彼女の胸元に、ハート型のネックレスが光っているのが見えた。
すき間なくしきつめられた四角い石が、赤とピンクのグラデーションを彩っている。
「表面が亀のコウラみたいですね」
ヒカルはネックレスを指してそういった。
「あ、これね、ミステリーセッティングっていうんや。さわってみ」
サエはネックレスをはずしてヒカルの手のひらにのせた。
石の光は窓から差しこむ夕日によって輝きを強めた。
「コームテミズの宝石ですか？」
ヒカルがきくと、サエは首をふった。
「私がつくったんや」

「すごいですね。この石、どうやってはめたんですか？」
「一個ずつ気合で」
「石にぜんぜんすき間がないですね。なんかミステリアスなかんじ」
「そやろ。だから、ミステリーセッティングっちゅうんやで」
　ヒカルはサエからもらったハッピージュエリーを胸元からとりだし、ハートの石といっしょに手のひらに並べた。
　すると、サエがふたつの石を小指で指しながら、
「ハッピージュエリーとこっちのピンクのハート、どっちがキレイやと思う？」とたずねた。
「どっちもキレイですよ」
「アホ。どっちやねん」
「どっちもキレイです」
　ヒカルはそういって、ハートのネックレスをサエの首にもどした。
　ふたりのほっぺがふれそうになった。
　そして次の瞬間、サエはヒカルにキスをした。
　コーヒー味のキスだった。
　ヒカルはすぐに唇を離し、人がいますよ、といった。
　すると、サエはヒカルの肩をおさえてしゃがみ。
　チュッチュッとキスをくりかえした。
「ゴルフ、いつ行きたい？　休日はどうや？」
「日曜はバイトです」
「こんどの月曜は？」
「午前に講義があって、午後はデザイン棟に行きます」
「体育の日だから学校は休みだよ」
「あ、そうでしたっけ？　じゃ、行けますよ」

ヒカルはそういってゴルフの練習に行く約束をした。
府中駅前で待ち合わせをして、サエの車で練習場にむかう。
ということになった。
ふたりは食堂を出た。
空を見上げると、星と太陽がいっしょになって光っていた。

十月七日。日曜日。夜。
バイトが終わり、カサハラアーキテクトの事務所を出た。
原宿は十月でもぶわっと熱風がふいていた。
「矢内くーん」
うしろから声がした。
ヒカルはふりかえった。
事務所の玄関からマネージャーのミカさんが出てきた。
「どうしたんですか？」
「わるいけど、あした仕事これる？」
「え……」
あしたはゴルフの日だった。
ヒカルは一瞬、返事にとまどった。
「学校があるの？」
「ありません」
「なにか予定があるの？」
「いいえ。ないです。ダイジョブです」
「そう、ありがとね」
勤務時間を確認すると、丸一日だった。
ヒカルは、ゴルフに行くのはほかの日にしようと決めた。

さっそくサエに連絡しようと電話したが、つながらなかった。
ピコピコポン♪　ピコピコポン♪　ピコピコピンポンパン♪
ケータイを上着のポケットにしまうと、着信音がなった。
サエからだと思ったが、アンナさんだった。
「品川のレストランで、いっしょにごはん食べよ」
とアンナさんはいった。
彼女はいっしょにディナーを予約した相手が急用で来れなくなり、ヒカルををよぶことにしたらしい。

品川駅から徒歩三分。
アンナさんは漢方レストランにヒカルを案内した。
レストランの店内は落ち着いた淡い感じの雰囲気だった。
ふたりは一番奥にあるテーブルにすわった。
「サエとはうまくいってるの？」
アンナさんがそういった。
予想もしなかった質問に、ヒカルは一瞬とまどった。
「えーと……、あした、いっしょにでかける……」
「あら、よかったじゃない」
「いや。でかけるはずだったんですが、急にバイトが入っちゃって、予定が変わりそうです」
「恋愛より仕事のほうが大事ってわけね？」
「べつにそういうわけじゃないですよ。てゆーか、なんでいつのまに恋愛になってるんですか。僕ら、まだつきあってないですよ」
「カサハラアーキテクトで働いてるんだよね」
「はい。よくご存知ですね」

「代表のカサハラさんと知り合いなの。矢内くんのことはいろいろきいてるよ」
「え、なんで知り合いなんですか？」
「学校で話したことあるもん」
ヒカルがバイト先の社長である笠原さんとはじめてあったのは、都市メディア論の講義を受けたときだった。
笠原さんは特別講師として学校に来ていた。
講義のあと、笠原さんにヒマつぶしでつくった３ＤＣＧの架空都市の画像をみせると、うちで働いてみない？　とさそわれた。
ヒカルはふたつ返事で「いきます」とこたえた。
アンナさんはそういう経緯を知っていたようだ。
「アマーレとデザイン、どっちが大切？」
アンナさんがとうとつに質問した。
「アマーレってなんですか？」
「イタリア語でラブっていう意味」
「恋愛とデザインどっちが大切かってきいてるんですか？」
「そうよ」
「どっちも大切です」
「選ぶとしたら、どっち？」
「う〜ん……むずかしいなあ。どっちも似たようなものだしなあ」
「それじゃ、ないと生きていけないのはどっち？」
「両方ともないよりあったほうがいいっていう程度のもので、両方なくても生きていけますよ」
「それ、本気でいってるの？」
「はい。だって、むしろ地球にとって、デザインなんかないほうがいいかもしれないし」
「なにそれ、どういう意味？」
「デザインは人間には無害だけど、地球にとって有害なものです。だから、ホントはないほうがいい。それに、デザインがこの世から無くなっても誰も困らないと思んですよ。困るのはデザイナーだけなんじゃないでしょうかね」
「はあ？　なんなのそれ？　ダサい。バカじゃないの」
「冗談ですよ。テキトーにいってみただけです」
「ダメ、許さない。そういうミもフタもない話って大っキライ。じゃあ、どうしたらいいとか考えたりしないの？　それを考えるのがデザイナーでしょ。それに、地球に人格はないからね。矢内くんはエコロジストにでもなりたいの？」
「ロックンローラーになりたいです！」
　ヒカルがニヤけてそういうと、アンナさんは眉にしわをよせて彼をガンつけた。
「もう、そんな怖い顔しないでくださいよ。泣いちゃいますよ」
「泣けよ、勝手に」
「こ、こわ〜。ねえねえ、さっきの質問なんですけど、イタリアの男性だったら恋愛と仕事ならどっちを選ぶんですか？　やっぱ恋愛ですか？」
「人によってじゃん」
「家庭か仕事だったら、やっぱ家庭ですか？」
「人によってじゃん」
「ふうん。イタリアの男性って家事とかします？」
「ぜんぜん」

「家事とかやりそうなイメージだけどなあ」
「男が家事をやらないのは、日本もイタリアもいっしょだよ」
「ふうん」
アンナさんが店員を呼んで焼酎を注文した。
そして、彼女は自分の生い立ちについて話しはじめた。
京都生まれ。
お父さんは日本人。
お母さんはイタリア人。
三才のときイタリアローマにわたった。
六才のとき日本にもどって地元の小中学校に通った。
ふたたび、イタリアにわたって現地の高校に通った。
その当時つきあっていた彼や友達と、シチリア島へたびたび遊びに行くことがあった。
その後、ヴェネツィア大学に進学して東洋美術を学んだ。
それから、日本にやってきて中央美術大学の大学院に進学した。
修士課程修了後、京都に本社がある家庭用ゲーム機のメーカーに就職。
そこで、一年間だけゲームデザイナーとして働いてから、この年の春に中央美術大学の助手になった。
アンナさんはそういったことを話してから焼酎を口にした。
「日本とイタリアを行ったり来たりの人生ですね」とヒカル。
「そうね」
「イタリアっておしゃれな国ですよね」
「ホームレスがすごい増えてて、貧困は日本の比じゃないわ。私が住んでたローマ郊外なんて地下に何百万ていう死体が埋葬されてんのよ。死体の上で暮らす生活がおしゃれだと思う？」
「……」
「あのね。いっとくけど、日本につたわってくるイタリアの情報は九十九％フィクションだからね。そこんとこヨロシク」
「あ、でも。ほら、ポルシェとかフェラーリとかマセラッティをデザインした日本人がいますよね」
「奥山さんでしょ」
「そうそう」
「私、本人にあったことあるよ」
「うそ！　すごー！」
「カフェでアイス食べてるところを見かけたの。それで、ボンジョルノってあいさつだけしたんだ」
「そしたら？」
「むこうもボンジョルノってあいさつしてくれた」
「すごー！」
「なにがすごいの。あいさつしただけでしょ」
アンナさんはそういうと焼酎をグビッと飲んだ。
「アンナさんて、イタリアと日本のミックスですよね」
「うん」
「国籍はどっちなの？」
「いちお、日本の法律では日本人。でも国籍はふたつもってるの。申請してないだけ」
「へえ。ウラ技みたい」
「こっちに来る時にね、イタリア人でもよかったんだけど。日本人にしておいたほうが、後々、メンドウなことが減るかなあと思って」

「あ、だから中美には留学しにきたんじゃなくて、進学しにきたっていったんですね」
「うん。院生の二年間てほとんど留学生の気分だったけどね。あ、ゴハンがきたよ」
店員さんが料理をはこんできた。
テーブルには薬膳料理が次々とならべられた。
真ん中が二つに区切られた鍋がおかれると、ヒカルはその鍋をのぞきこんだ。
「いいにおいがしますね」
「この鍋、デトックス効果があるんだよ」
そういってアンナさんも鍋をのぞきこんだ。
スープの湯気で彼女のメガネがくもった。
彼女はメガネをはずし、レンズをふきながら、
「甘いのと辛いの、どっちがスキ？」とたずねた。
メガネをとったアンナさんはお人形のように見えた。
ツヤッとした彼女の顔の肌が、きらめく表情をつくっていた。
「アンナさん、コンタクトにはしないんですか？」
とヒカルはきいた。
「甘いのと辛いの、どっちがいいかこたえてよ」
「甘いほうです」
ヒカルがそういうと、アンナさんは鍋の片側に入った具を器にうつして、彼のてまえにおいた。
鮮やかな色をした野菜のなかにエビが混ざっていた。
ヒカルは「いただきます」といって、エビをかじった。
ピリッと辛い味がした。

それと同時に、指先にチクッと痛みが走った。
ヒカルは辛いモノが苦手だった。
辛いモノを食べると、いつもこうして指先に原因不明の痛みが走るからだ。
「甘くておいしいでしょ」
アンナさんはニコニコしながらいった。
「か、辛いっす……」
それから食事を終えて、ふたりはだらだらと会話をしていた。
時間が遅くなってきたので。
ヒカルは、そろそろ帰りますか、といった。
「これから、バーに行かない？」とアンナさんがいった。
ヒカルは一瞬、返事をためらい、
「……どこですか？」とききかえした。
「新宿よ」
「じゃあ、少しだけなら」
「いいの？」
「はい」
「バイクどうするの？」
「どこか近くの駐車場に止めておきます」
「新宿からどうやって帰るの？」
「京王線で」
「なあんだ、私と帰り道いっしょじゃない」
「え、アンナさんてどのへんに住んでるんですか？」
「オペラシティの近く」
「へえ。じゃ、すぐそこですか」

「うん。矢内くんはどこ？　府中だったっけ？」
「はい。そうです。学校の近くに住んでます」
「ひとり暮らし？」
「そうです」
ふたりは漢方レストランを出ると、タクシーで新宿までむかった。
それから、アンナさんは歌舞伎町のバーにヒカルを案内した。
バーの店内ではニューハーフのダンスショーがおこなわれていた。
ふたりは、そこで二時間ほど過ごしてから店を出た。
そして、駅にむかって歩きはじめた。
週末のセントラルロードは人がごった返していた。
アンナさんは泥酔しているせいか、不安定な歩き方をしている。
ドンッ。ドンッ。
彼女はすれちがう人と何度も肩をぶつけた。
「ひとりで帰れます？」
ヒカルがそうきくと、アンナさんは、
「バッファンクーロ！」と大声で叫んだ。
近くにいた通行人がその声に反応して彼女をチラッと見た。
「いまのイタリア語ですか？」
「うん」
「なんてさけんだんですか？」
「バカっていったの」
「だれにさけんだんですか？　僕ですか？」
「ちがうよ。だれでもいいでしょ」
アンナさんは半開きの目でヒカルを見ながら。
ドタキャンしたやつがわるいんだ！

といきなり怒鳴った。
　セントラルロードをぬけると、ヒカルは近くにとまっていたタクシーをよんだ。
　数分後。オペラシティに到着。
　ヒカルは眠っていたアンナさんを起こした。
　彼女はタクシーから降りるとゲロをはいた。
　ゲロゲロビシャー！
　ヒカルは顔が真っ青になった。
「アンナさん、大丈夫？」
「うん」
「家まで送ってきますよ」
　ヒカルはふらふらになったアンナさんの体を支えながら、彼女の指示に従って歩いた。
　甲州街道から五分ほど歩くと、アンナさんの足がとまった。
「ここに住んでるの」
　アンナさんはコロニアル調の七階建てマンションを指した。
「りっぱな建物ですね」
「よってく？」
「いいえ、けっこうです」
「ちょっとよってきなよ」
「いえ、もう帰ります」
「いいから来い！」
　アンナさんはヒカルの体をおしながら、マンションの二階に上がった。
　彼女は玄関の前までくると、バタンとたおれた。

「ねえ、矢内くん、部屋にはこんで」ふるえた声で彼女はいった。
ヒカルはアンナさんをもちあげて、部屋の中に入った。
そこは、大学の助手の給料で住めるような場所に見えなかった。
「ここ、家賃いくらするんですか？」
とヒカルはきいた。
「あなたの部屋はいくらするの？」
アンナさんは逆にききかえした。
「管理費ふくめて、ちょうど五千円です」
「安ぅ！」
「僕が住んでるとこって留学生宿舎なんですよ。僕の部屋は、以前に住んでいた女子学生が室内で首つって自殺してるんで半額以下なんです」
「げっ！　よくそんなとこ住めるね。こわくないの？」
「ええ。とくにこわくないです」
「あんたすごいね。勇気あるんだか、単なるバカなんだか……」
「ここのお家賃は？」
「矢内くんちの数十倍くらい」
アンナさんそっけないかんじでそういった。
彼女は上着を脱いでスターメッシュブラとパンティだけの格好になると、いきなりレザーのジャケットをヒカルの顔に投げつけた。
「いてっ！　どうしたんですか、急に？　怒ってます？」
「つっ立ってないで、すわんなさいよ」
ヒカルはいわれたとおり黙ってソファにすわった。
アンナさんは横になったまま動かなくなった。
そのまま静かな時間がながれた。

ヒカルは急にトイレに行きたくなった。
「あのう……、お手洗いをかりてもいいですか」
「……」
アンナさんはなんの反応もなし。
ヒカルはガマンできずトイレに入った。
ようをたして、フーッとひと呼吸した。
すると、廊下のほうから足音がきこえてきた。
ドアを開けると、バスルームにむかうアンナさんのうしろ姿が見えた。
「あ、あ、あ、あの〜。帰ってもいいですか？」
「ダ〜メ。まだいてよ」
「……」
ヒカルはソファにもどって、のけぞるように腰をまげた。
白を基調としたキッチンが逆さまになって見えた。
それと同時に。
そこに置いてあった真っ赤な冷蔵庫が目に飛び込んできた。
ヒカルは身体をおこし、冷蔵庫に近づいた。
ふたの部分にメモ書きされたレシピが無造作にマグネットではられている。
その中に一枚だけ朝日新聞のキリヌキがあった。
ＢＳＥ問題について書かれている記事だった。
どこかでみたことがあるような気がした。
ヒカルは記憶をたどった。
……そうだ、食肉処理場で撮影をするまえに見たのとおなじ記事だ。

日付も一致している。
アンナさんはどうしてこの記事をとっておいたんだろう？
ヒカルは首をかしげた。
数分後。
ベッドで横になった。
そのまま、うとうとして夢を見た。
いつか見たヘンな夢と同じような夢だった。

ダッダッダッダッダッダッ……。
ヒカルは森のほうへ走っていた。
背後から鬼の気配を感じた。
走りながらふりかえった。
真っ暗闇でなにも見えなかった。
原生林の中に入った。
すると、地面を掘っているサエがいた。
地面には死体が埋まっていた。
死体はヒカルの分身だった。
ヒカルは空を見上げた。
とつぜん地響きがやってきた。
ゴゴゴゴゴー！

ハッと目をさました。
頭がぐらぐらとゆれている。
まだ酔いがのこっているような気がした。
地響きがゴゴゴゴゴーッと部屋にひびいた。

ゆれているのは、頭ではなく建物だった。
「キャー！」
目の前にいたアンナさんがヒカルに抱きついた。
しばらく横ゆれがつづいた。
音がなりやみ、地震がおさまった。
「もうだいじょうぶですよ」ヒカルはいった。
アンナさんは彼からはなれようとしなかった。
「どうしたんですか？　もうだいじょうぶですよ」
「……」
アンナさんは少し黙ってから。
ねぇ襲ってぇ、と甘い声でささやいた。
ヒカルは、イヤです、とことわった。
「なんで？」
「なんとなく」
「エッチしたことある？」
「ないです」
「じゃ、しようよ」
「エッチの仕方がわかりません」
「ダイジョブだって」
アンナさんは優しい声でそういった。
まもなくしてヒカルは童貞を失った。
はじめてのセックスはキモチよくなかった。
ふだん使わない筋肉を使ったのでつかれただけだった。
ふたりは、しばらくのあいだ、互いの体温を感じながら静かにすごした。

「あそこの冷蔵庫にはってある新聞記事は、なんなんですか？」
とヒカルはきいた。
「あー、講義でつかおうと思って」
「なんの講義ですか？」
「日本文化史」
「坂上先生の授業ですか？」
「うん。そうだけど、なんで？　気になる？」
「いや、べつに。なんでかなあって思って」
「日本文化史って坂上先生のまえはサエのおじいちゃんが担当してたんだよ」
「サエさんのおじいちゃん？」
「うん」
「てゆーか、サエさんのおじいちゃんって中美の教授だったんですか？」
「そうだよ、知らなかったの」
「はい」
「文化工芸の教授で学長もやってたんだよ」
「学長ぉ！」
「うん。けどね、病気で亡くなっちゃって、もういないの」
「ああ、かわいそうに」
「還暦むかえたぐらいで、まだけっこう若かった」
「ふうん。いつ学長だったんですか？」
「十年くらい前」
「ふうん。僕、最近あの冷蔵庫にはってある記事に書かれた食肉処理場に行ってきたんですよ」

「え、どうして？」
「写真の課題があって、そこで働いてる人を撮影してきたんです」
「撮影の許可とったの？」
「はい。ちゃんととりました。で、なんか獣医の人が中美の学長さんと会ったことがあるっていってたんですよ」
「あらそうなの」
「でも、もう亡くなっちゃってるみたいで、ひょっとしたら、サエさんのおじいちゃんと会ってたのかな」
「うん。そうかもしれないね」
「そっかー……」
「ねえ、あのさ。こんど、日本文化史に来てみない？」
「あ、はい。気がむいたら」
「気がむいたらじゃなくてぜったいきてよ。水曜の二時限目」
「わかりました。気がむいたら、ぜったいに行ってみます」
ヒカルはそういって帰る準備をした。
玄関でアンナさんとバイバイしてマンションを出た。
急ぎ足で初台駅にむかった。
そして、ギリギリセーフで終電に駆け込んだ。
電車のなかでケータイに留守電が入っていることに気がついた。
カサハラアーキテクトマネージャーのミカさんからだった。
「明日の仕事はお休みです」というメッセージの留守電だった。
よかった。これでゴルフに行けそうだ。
ヒカルはホッとした気分になった。

4

翌日。

晴天のゴルフ日和。

待ち合わせの時刻、午後二時ピッタリ。

ヒカルは府中駅南口でサエがやってくるのを待った。

彼女は黒いゲレンデヴァーゲンに乗ってやって来るはず。

五分ほどしてケータイが鳴った。

サエからだった。

「今、どこにおるん？」

「駅前です」

「私、けやき並木通りにおんねんけど、来てくんない？」

「は〜い」

ヒカルはダッシュで並木通りにでた。

ブオンッ！

とおくからエンジン音がした。

急発進したイエローのカレラが。

ヒカルをひき殺すような勢いでつっこんできた。

キュキュー！

カレラは急ブレーキで。

ヒカルの数センチ手前のところでとまった。

ドライバー席に満面の笑みをうかべるサエがいた。

彼女は髪にウェーブをかけていた。

「おい。どんくらいまった？」

「いま、きたところです」
ヒカルはそういって、カレラのフロントフードに視線をおくった。
「車、いつ買い換えたんですか？」
「先月や。この子のほうがカワイクて」
「この子……」
「うしろに人おんねんで」
「えっ……？　あ！」
ヒカルは後部座席を見てびっくりした。
マイコが乗っていたのだ。
「おまえに内緒でゴルフ部を集めてきた」とサエ。
「ほかの人は？」とヒカル。
「うしろの車」とマイコ。
カレラのうしろにはガリューとリョーガが縦列でとまっている。
ヒカルは、ぽかん顔でその二台を見た。
「おいコラ！　はやく乗らんとおいてくぞボケ！」サエがどなった。
「すいませーん」
ヒカルは急いで助手席にのった。
車が動きだしてから。
どこの練習場にいくんですか？　とヒカルはきいた。
サエは、知らん、ととぼけた。
ヒカルは返答を求めるかんじでマイコに視線をおくった。
すると、彼女はいきなり身をのりだし、
「ねー、月ねえさん。こんな人のどこがいいの？」といった。
ゴルフ部に入るのは『恋人同士』が条件。
サエはそのことをまだ知らないはず。

　ヒカルはハラハラしながらサエを見た。
　彼女は無表情だった。
「サエさんは条件を知りません」ヒカルはマイコにいった。
「なんや条件て？」とサエ。
　マイコはため息をして、ゴルフ部に入る条件をサエに説明した。
　すると、サエは、
「こんなアホと私が恋人なわけないやろ」
　とさらっといった。
「矢内くんとつきあっちゃえば？」とマイコ。
「カッコよくないからイヤやねん。こんなヤツ」とサエ。
「ありゃ〜、しょうがないな、もう。月ねえさんと矢内くんの入部は特例だからね」
　マイコはそういってゴルフの話題をはじめた。
　車内の雰囲気は女性ふたりだけで盛り上がっていた。
　ヒカルはずっと無言だった。
　カッコよくない。
　といわれたことに、ショックをうけたからではなく、前日になれないお酒を飲みすぎたせいで朝から下痢だったからだ。
　サエは運転中、心配するようにヒカルに声をかけた。
「なんでずっと黙っとるん？　体調わるいの？　腹でも痛いの？」
　図星だったが。
　ヒカルは、べつにダイジョブです、と平静をよそおった。
　ゴルフ練習場に到着した。
　そこは八王子だった。
「はじめてだから、これだけで打ちな」

サエは車からおりるとヒカルに四本のアイアンをわたした。
「ドライバーは？」
「まだ十年はやい」
「わお～、長ぁ！」
おくれて、ガリューとリョーガが到着した。
ナルミとアイカと三人の男子が車からおりた。
ひとりの男子が「はじめまして」とヒカルに声をかけた。
「テクノのイベントでサエさんと知り合ったそうですね」
「そうそう。夏ね」
もう一人の東美生が、
「サエちゃん、あんときラリッてたよなあ」と笑いながらいった。
サエはすかさず、うっさいボケ、といって先に歩きだした。
ヒカルと三組のカップルはサエのあとを追った。
練習場の二階フロアに八人がならんだ。
ヒカルは最後尾の位置。
その前にサエが立った。
ヒカルは買ったばかりのグローブをはめ。
さいしょは見よう見まねでアイアンをふった。
なぜかボールは、ぜんぶ左方向にとんでいった。
二十球ほど打つと。
サエが、
「スイングから教えたる」
といってスパルタ指導をはじめた。
一時間経過。
いつのまに腹痛がおさまり、調子が出てきた。

「ぶっ飛び！　爽快！　チャーシューメーン！」
　ヒカルは、さけびながら打った。
「おまえ、さっきからうっさいねん」とサエがいった。
「そろそろ、ドライバーをつかってもよろしいですか？　ウッズみたいにドッカ〜ンって打ちたいです」
「ダメ。百年はやい」
「さっき十年だったのに、のびてる〜！」
「うっさい」
　三時間経過。
　サエとヒカル以外の人たちはみんな帰ってしまった。
　のこったふたりは練習をつづけた。
　そして、一時間経過。
「もう帰ろっか」
　とサエがいった。
　すると、背後から「おつかれ〜」という声がした。
　ヒカルがふりむくとイケメンが立っていた。
　イケメンはサエに「元気？」と声をかけた。
　サエはぷいっと顔をそらし、イケメンを無視して歩きだした。
　イケメンはヒカルに名刺をわたした。
　名刺にはこんな印字がされていた。

　　株式会社ワイルダー・ジャパン
　　インタラクティブ・コミュニケーション局
　　クリエイティブディレクター　倉持マコト

その他に、メールアドレスと電話番号がのっていた。
ヒカルは、イケメンの名前をどこかできいたことがあるような気がした。
でも、はじめて会った人なので、たぶん気のせいだと思った。
サエはゴルフセットをかつぎ、
「帰ろ」とヒカルの手をひっぱった。
ヒカルはイケメンにおじぎしながらフロアを出た。
「さっきの人、だれですか？」
「べつにだれでもええやん」
「名刺をもらいましたけど」
「そんなもん、いちいちもらわんでえぇわ」
「でも、かっこいい人でしたよ」
「……」
「知ってる人なんですか？」
「うっさい。あんなやつ知らんて」
サエはヒカルをにらんだ。
ヒカルはすぐに視線をそらした。
練習場を出ると、空はオレンジ色になっていた。
バタバタ……。
東の空から米軍ヘリが飛んできた。
ヒカルは足をとめた。
バタバタバタバタ……。
上空で轟音が鳴り響いた。
「カッコい〜なぁ。あの人たちのおかげで、僕らはこうして平穏な生活を送ることができるんですね」

ヒカルは、ひたいに手をかざしながら、ヘリを見つめた。
「けっ。ノラ犬がエサ食いにきてるだけやんか」
サエはそういってカレラにのった。
ヒカルもおくれてのりこんだ。
「楽しかったか？」
「楽しすぎてつかれました」
「ほなよかったな」
サエはエンジンをかけてから。
ヒカルのほうにゆっくりと顔をむけた。
「なあ。さっき私がヒカルのこと、『カッコよくない』ってゆーたこと、怒ってる？」
「さっきっていつですか？」
「ここ来るときや。マイちゃんが、『この人のどこがいいの？』って私にきいたやんか」
「ああ。そういえば、そんなこといってましたっけ？　べつに気にしてないですよ。事実ですから。僕のことをカッコいいっていう人がいたら、たぶん目が悪い人です」
「そっか……」
「……」
すこし沈黙。
ウチね、カッコいい人より、かわいい人が好きなんや……。
サエはつぶやくようにそういった。
ヒカルは彼女の声がききとれず、
「え？」
とききかえした。

サエはエンジンをとめ。
ウチ、かわいい人が好きや、といった。
「ふ〜ん」
ヒカルは軽くあいづちをうった。
「ヒカルってかわいいよ」
サエはそれだけいって唇をかさねてきた。
甘い味がした。
彼女はガムを口うつししてきた。
「なんですか、これ？」
ヒカルはガムをかみながらいった。
「キシリトールのピンクミントや。かえせ」
サエはヒカルの口からガム吸い出した。
「サエさんもかわいいですよ。反則級にかわいい」
ヒカルがいうと。
サエは照れくさそうに「うるさいな」とかえした。
「うふふ。サエさんもかわいいですよ」
「うるさいゆーてるやんか！」
「うふふ。かわいい」
チッ……。
サエは舌打ちして、カレラを急発進させた。
十分後。
「ちょい運転してみる？」
サエは一方通行の細い道でエンジンを止めてそういった。
「だめですよ。免許もってないから」
「ちょいなら平気やろ」

「だめですってば」
「免許なくても運転には自信あるんやろ」
　ヒカルは以前、「車の運転には自信がある」とサエに宣言したことがあった。
　だが、
「え？　そんなこといいましたっけ？」
　と、とぼけた。
「ゆうたよ」
「ゆったかなあ？」
「私にシンクロトランスミッションとノンシンクロトランスミッションのちがいを教えてくれたことあったやん」
「ええ」
「あんとき、『自分はニュータイプだから、バス以外ならなんでも運転できる』とかゆうてたよ」
「ああ、あれウソですよ。ホントはそんな自信ないです」
「んだとコラ。貴様、この私にウソついたんか」
「すいません」
「バツとして運転しろ」
「え〜！」
「ほんのちょいなら平気やろ。ゆっくり、そこの電柱までどうや」
　サエは車から五メートルほど先にある電柱を指してそういった。
「やめときます。こわいです」
「なんやこの根性なし。自信あるゆうたんやから、ちっとぐらい運転してみろや」
「いやです」

「そんなに運転こわいんか？」
「運転がこわいんじゃなくて。万が一ぶつけたとき、サエさんが怒るのがこわいんです」
「私、べつに怒らんよ。そんかわり弁償してもらうけど」
「あ、それなら、運転できます」
「よっしゃ」
ふたりは席を交代した。
ヒカルはエンジンをかけた。
ギアチェンジしてアクセルをふんだ。
次の瞬間。
ガリガリガリガリガリーッ！
カレラのボディーとコンクリートの塀がこすれる音がした。
「あ！」
ヒカルはあわててブレーキをふんだ。
やばい……。殺される……。
おそるおそるサエを見た。
メラメラメラメラッ！
彼女は顔を真っ赤にして背中から怒りの炎を出していた。
「えへへ。サエちゃんごめんね」
ヒカルは苦笑いしながら謝った。
すると、サエの拳が顔にとんできた。
ガツ！
「ヘタクソ！　死ね！　アホ！」
「イテテッ……」
鼻が熱くなった。

ヒカルは手で顔をおさえた。
ぽたっ。ぽたっ。と血がたれた。
「キャ！　血ぃ出とるやん」
サエはバラの刺繍がはいったハンカチをポケットから出し、それでヒカルの鼻をおさえた。
「ごめんごめん、ダイジョブ？」
「こちらこそ、ほめんなふぁい（ごめんなさい）」
「痛いやろ？」
「痛いっていうか、あふい（熱い）」
「ごめんな」
「いや、悪いのはほっひ（こっち）ですよ。ふんまへん（すいません）」
ハンカチが真っ赤に染まった。
ヒカルはリクライニングを倒し、しばらく横になった。
「ちょいおりんね」サエは車を降りた。
ヒカルも少し遅れて車を降りた。
ヘッドライトの破片が路地に散っていた。
車体にはコンクリートをこすった黒いキズ跡がのこっていた。
「弁償しますよ」ヒカルはいった。
「……」
サエはキズ跡を見たまま、ずっと黙っていた。
「弁償したら許してくれますか？　くれませんよねぇ。へへ」
ヒカルは苦笑いした。
サエはじろっと彼を見て質問した。
「ヒカル、これからどこ行きたい？」

「どこも行かないでまっすぐ帰りたいです」
「私んちけーへんか？」
「え……」
「来てくれたら許しちゃるよ」
ヒカルは一瞬。
イヤです、といいそうになったが。
わかりました、とうなずいた。
ふたりはふたたびカレラにのった。
ヒカルの胸に緊張が走った。

サエは杉並区のマンションに住んでいた。
そこは、マリアカにほど近い場所だった。
建物はオートロックを解除した後、玄関でテンキーの暗証番号を押さないと入室できないようになっていた。
サエは防犯のため、月イチでその暗証番号を変えているようだ。
ハリガネで簡単に開けられてしまいそうな宿舎の玄関とは大違いだったので、ヒカルはおもわず腰が引けそうになった。
ガチャッ。
「ただいま～」
サエは玄関を開けると、暗い部屋に向かってあいさつをした。
照明がつき、大理石の床がふたりを出迎えた。
天井まであるシューズボックスの下に、淡いピンクのプリザーブドフラワーがおかれていた。
ヒカルはそれを見て緊張感がすこしやわらいだ。
「なに飲みたい？」サエが冷蔵庫を開けてきいた。

「なにがあるんですか？」
「なんでもあるよ」
「搾りたての馬乳は？」
「馬乳はないけど、搾りたてのお酒と牛乳ならあるよ」
「お酒も牛乳も搾りたてなの？」
「うん。産地直送の搾りたて」
「し、し、搾りたてなの？」
「うん。搾りたてや」
「ホントに搾りたてなの？」
「だから、搾りたてやっちゅーてるやろ」
「搾りたてなのか……」
「うん」
「そうか……搾りたてかあ……」
「なに飲むん？」
「搾りたて……」
「おまえ、『搾りたて』っていいたいだけなんちゃう？」
「麦茶はありますか？」
「あるよ」
「じゃ、麦茶をおねがいします」
「わかった」
　サエは麦茶をだすと、バスルームにかけこんだ。
　ヒカルは麦茶を飲んでから、部屋のなかをぐるっとみまわした。
　何ＬＤＫなのか、何帖なのか、よくわからない広さだった。
　部屋のまん中には木製のテーブルがある。
　鉄ヤスリやピンセット。

カットされたつくりかけの宝石。
ピアス。
ネックレス。
ブローチ。
ペンダント。
ブレスレッド。
テーブルの上はそういった無数の貴金属がジャラジャラしている。
奥の部屋をのぞきにいった。
広いスペースにテレビ台とソファーがおかれている。
床には数枚のシルクスカーフがまばらになって並べられている。
一枚のスカーフを手にとった。
白い鳥の絵柄がプリントされていた。
ヒカルは日本画のアヤの言葉を思い出した。
(サエちゃんが学校をやめること知ってるの?)
(たぶん仕事が忙しいんじゃないのかな)
(サエちゃんは、コームのスカーフとか帽子とかデザインしてるんだよ)
アヤの言葉が正しければ、このスカーフはコームの試作品だ。
サエが学校をやめるのはホントなのかもしれない。
ヒカルはそう思った。
ニャー。
とつぜん、ベッドのほうからネコの鳴き声がきこえた。
ヒカルはベッドの下をのぞいた。
すると、ブルーのネコがとび出してきた。
「ニャンちゃんだ。ニャンニャン」

ヒカルはネコを抱き上げ、ベッドに腰かけた。
「ニャー」とヒカルは鳴いた。
ネコも、ニャー、と鳴いた。
「ニャーニャ。ニャニャーニャ？」
ヒカルはネコ語で。
あなたのお名前なんてーの？
ときいたつもりだった。
だが、ネコはプイッと顔を横にむけた。
ヒカルはネコといっしょにベッドで横になった。
枕元に『論語』という中国文の本がおかれていた。
それをパラパラめくって時間をつぶした。
三十分後。
サエがバスルームからもどってきた。
彼女はデニムショートパンツをはき、上半身はブラとフリルのカーディガンをはおっているだけの格好だった。
ふだんはスリムに見える外見とギャップがあった。
スリムというよりダイナミックなかんじだった。
「このニャンちゃんのお名前は？」とヒカル。
「ピーちゃんてゆーの。かわいーっしょ」
「かわいいですね」
「ブリティッシュショートヘアーのメスだよ。けっこうおばはん」
「おお、ピーちゃんは熟女なのね」
ヒカルはピーちゃんをなでた。
そして、もう片方の手で『論語』をもちあげて、
「これ、何の本ですか？」ときいた。

「孔子っていうオッサンの本や。それ書いたんは、オッサンの弟子なんやけど」
「へえ。原文なんですか？」
「うん」
「サエさんて、チャイナ語を読めるんですか？」
「あたりまえじゃ」
　サエは腕を組み、得意げな顔をした。
「話すこともできるんですか？」
「ちょこっとだけなら」
「すごいじゃん。どうしてチャイナ語を？」
「趣味でやっとるだけ」
　サエはそういって、ヒカルの横にすわり、つげ櫛で髪をとかしはじめた。
「サエさんのおじいちゃんて、中美の教授だったんですよね」
「うん。よく知ってるね」
「知ってますよ、それくらい」
「ね、新しいシャンプーつこうてみたんやけど、どう？」
　サエは頭をかたむけた。
　ヒカルは指をのばして彼女の髪にふれた。
「サラサラしてる」
「でしょ？　でしょでしょでしょでしょでしょ？」
「うん。サラサラしててすごいキレイ」
「でへへ」
「なんのシャンプーつかったんですか？」
「ティーツリーオイルっていうシャンプー」

「へえ。いい匂いがするね」
「でへへ」
「ところで、学校をやめるってホントなんですか？」
「だれからきいたん？」
「うわさです」
「アホ。うわさを信じるのはボケの始まりや。それは本人の目を見て、直接本人の口からきいた情報なんか？」
「いいえ」
「私がヒカルに学校をやめるっていったことある？」
「ないです」
「うわさだけやろ？」
「はい」
「ほな、まにうけたらあかんで」
「はい」
「でも退学はないねんけど、もしかすっと、休学はするかもしれん」
サエはヒカルと目を合わせてそういった。
「ウソ！」
「ウソや」
「プッ。なーんだあ」
「だははは」
「びっくりしたなあ、もう」
「あ、私、いまね、コームのスカーフのデザインしとんねん」
「床においてあるやつですか」
「うん」
「やっぱりあれ、コームのスカーフでしたか」

「うん」
「コームと契約してるんですか？」
「そういう正式なもんじゃないねん。まあ、ちょっとしたお手伝いみたいなもんや。一時期、学校よりそっちのほうが忙しくなっちゃって。何人かの人に、学校やめたいゆーてたことあんねん。マジでゆーてたわけじゃないねんけど、けっこう信じた子、おったみたい。ほいで、学校やめるいうのがうわさなったんかもしれん」
「そんなこといわれたら、フツー信じますよ」
「そっかな」
「信じますってそりゃ」
「そっかな。ま、えーや」
「あれって試作品なんですか、コーム・テミズの？」
「うーん。試作品やけど厳密にはちゃうねん」
「厳密にはなんなの？」
「コーム・テミズじゃなくて、コーム・ビジョーネっちゅーとこの試作品」
「コーム・ビジョーネ？」
「うん。まだパリにしか出店してへんアパレル系のお店」
「へえ。ビジョーネ……。なんか、美女よね〜ってきこえる」
「よくわかったやん。ビジョーネって美女よね〜からきてんねんで」
「あははは。ウソ〜？」
「ホンマ。ビジョーネっておじいちゃんが考えた名前やもん。コームの服着とる人が、『あのお洋服着てる人、美女よね〜』っていわれるといいな思って。そっから、ビジョーネってなったんや」
「へえ。おもしろいですね」

「でも、パリの人に『美女よね～』ゆーてもわからんみたい」
「ふふふ。わかったらすごい」
「ほかにもコーム・ヒスイとかコーム・バネッサっちゅーのがあって。そのふたつは貴金属とか小物系のお店なのかな」
「じゃ、コーム・テミズってなんなの？」
「テミズは、どっちかっつーとなんでもあり系」
「じゃ、お肉も売ってるの？」
「アホ！　食いもんは売っとらんわ！」
「てへ。すいません」
「私はコームとかよりも、いつか自分のブランドをつくって作品を発表していきたいな、思ってん」
「それは夢ですか？」
「ちゃう」
ヒカルの質問にサエは首をふった。
「夢じゃなくて現実的なお話や。夢を見ていいのはハタチまでや」
「え～。じゃ、僕はあと一年しか夢を見れないの？」
「そやねん。せやから、いまのうちにたくさん夢見ておけ」
「は～い」
ふいにピーちゃんが、ふたりのあいだにスッと立った。
すると、サエがピーちゃんのノドをさすった。
「このページには、どんなことが書いてあるんですか？」
ヒカルは『論語』の真ん中あたりを開いてきいた。
「うんとね……、要約すると。財産、地位、名誉。そのみっつと健康な体。どっちが大切なんや？　って書いてある」
サエはそういうと、ヒカルの唇をペロッとなめた。

そして、彼をあおむけにたおした。
彼女はブラをはずし、彼のパンツを脱がせようとした。
この展開はマズイ、とヒカルは思った。
前日のこともあって、彼はセックスにうんざりだった。
ふー……。
ひと呼吸してヒカルは上半身をおこした。
「サエさん、こういうことは、あとにしようか」
「なんで？　私としたくないの？」
「そういうわけじゃないんですけど、今日は体調が悪いんです」
「うそつけコラ。体調悪いやつがなんでゴルフしとんねん」
「イヤ、マジです。朝からちょっとお腹がいたかったんです」
「ダイジョブ？　くすりあげよっか？」
「いや。食事をおさえれば、平気かも」
「なんだ、ごちそうしてあげようと思ったのに」
サエは残念そうな顔をしてそういった。

その晩。
ヒカルはサエのマンションにとまった。
寝るまえにヒカルは彼女に学校をやめることを伝えた。
「なんで？　なんで？」
サエはヒカルに問いつめた。
「美大を卒業しても、メリットがあるわけじゃないし。中退してもデメリットになるわけじゃない。と思うんですよ」
「アホかおまえ？　やめてどーするん？」
「海外でぶらぶら旅行でもして……なーんてね……」

「旅行したいの？　旅行なら連れてったげるよ。どこ行きたいの？」
「いや。うーん……けっこうです……」
ヒカルは言葉をつまらせた。
それから数分して、ふたりはベッドに横になった。
「ヒカルんちって、どーゆー家族だっけ？」サエがきいた。
「お母さんとお姉ちゃんと僕の三人家族です。お父さんは僕が生まれてから、すぐに亡くなっちゃいました」
「ああそうやったね。お姉ちゃん何しとん？」
「韓国の映画配給会社で宣伝ウーマンをしています」
「韓国におるん？」
「はい」
「お母さんのほうは知っとるで。特許庁の人やろ」
「なんで知ってるんですか？」
「お母さんの講義とってたもん」
「あ、そうだったんですか」
ヒカルのお母さんは特許庁で意匠審査官という仕事をしていて、中美で半年間だけ意匠法の講義をうけもったことがある。
その講義にサエは出席していたらしい。
ヒカルはだれにもお母さんのことを話したことはなかったが、お母さんが彼のことをばらしていたようだった。
それから、ヒカルはひいおじいちゃんのことについて話しはじめた。
「僕のひいおじいちゃんは戦争カメラマンだったんです。戦時中に、戦艦とか戦闘機とかいっぱい撮ってたみたいなんですよ。若いころは日本陸軍防疫給水本部っていう軍隊に入ってて。そこで、生物兵器の開発とかしてたみたいなんです。その軍隊は五つあって、ぜんぶ海外にあったんですって。海外といっても、当時は日本の領土だったところです。えーと、どういう軍隊があったかっていうとですね。ハルビン七三一部隊。北京一八五五部隊。南京一六四四部隊。広東八六〇四部隊。あと、シンガポール九四二〇部隊かな。ひいおじいちゃんは、そのなかの七三一部隊っていうところにいたんですよ。写真班だったか、写真課だか、わすれちゃったけど。ま、よーするに、撮影をする係で。兵器になる細菌の記録写真とかを撮ってたみたいなんです。そのとき、ひいおじいちゃんが撮った写真は、ぜんぶアメリカ人に没収されちゃって、残念ながら、もう視ることはできないんですよね。ただ、数枚だけのこっていたのを見たことがあります。

マリアカのプライマリースクールのころに。あ、プライマリースクールっていうのは日本でいう小学校のことです。で、ワールトラベルっていう修学旅行みたいな行事があって、僕のときは、ポーランドのアウシュヴィッツ平和博物館とか南アフリカのアパルトヘイト博物館とか中国の州歴史博物館とか、そういうところをまわったんですよ。で、ワールトラベルの出発前にお母さんから、満州歴史博物館にひいおじいちゃんの写真が展示されてるよ、っていわれて、けっこう楽しみにしてたんですけど、実際に視て、すごいびっくりした覚えがあるんです。びっくりっていうか、ちょっとショックでした。ひいおじいちゃんは、生物兵器の実験でつかった外人さんを撮ってたんですよ。すごい克明に。コリアとか中国の人とか。ロシアとかモンゴルの人とか。あと、女の子とか男の子とかもいました。写真はグロテスクだったんですけど、なんか、ひいおじいちゃんに、出会えたような気がして。うーん……、なんていうか、うれしいキモチと悲しいキモチがまじったような、複雑な心境になったというか……。
　話はとぶんですけど、ひいおじいちゃんて、銃開研の人には英雄あつかいされてるんですよ。軍隊にいた人だから。けど、反対に、マル研の人たちには、悪者あつかいされてるんですよね。中にはひいおじいちゃんのことを殺人鬼だっていう人もいたりして。ただ写真とってただけなのに。なんなんですかね、このちがいって……」
　ヒカルがそこまで話すと。
　ぐぅ〜。ぐぅ〜。
　と、サエのいびきがきこえてきた。
　次の瞬間。
「ムニャムニャムニャ……」
　サエがチャイナ語で寝言をいった。
　ヒカルは、枕元で灯っているアロマキャンドルの火を消して目を閉じた。

　翌朝。
　ヒカルが起きると。
　手鏡をもってベッドによりかかっているサエがいた。
「サエさん、おはよ」
「あ、おはよ」
　サエはそういうと、ヒカルに手鏡をもたせた。
　ポンポン。ポンポン。
　彼女は湿ったスポンジで顔マッサージをはじめた。

彼女の瞳がいつもよりブルーがかっているように見えた。
「カラーコンタクトをつけたんですか？」とヒカル。
「ちゃう、お母さんがロシア人だからうまれつき色が変なんや」
「うそー？」
「うそ」
「ぷっ。なあんだ」
「寝起きだと、たまーに目の色が薄いかんじになるねん」
「あ、僕もそうです」
「ヒカルは元々青いやろ」
サエはそういってマッサージを続けた。
ポン、ポン、ポン……。
「サエさん、きのう、チャイナ語で寝言いってましたよ」
「夢の中でチャイナ語の練習しとったんや。おまえこそ、さっき英語で寝言ゆーとったぞ」
「うそー？」
「うそ」
「ぷっ。なあんだ」

サエは朝食におかゆとみそ汁とサラダを用意した。
ヒカルはそれをペロッとたいらげた。
簡単そうな料理だったけどおいしかった。
「人の手料理を食べたのは久しぶりです。とくに、おかゆがサイコーでした。コクがあるんだけど、さっぱりしてて。なんというか自然体のおいしさっていうんですかねえ。すごくいいお米をつかってますよね。コシヒカリですか？」

「おかゆはレトルトでチンしただけや。私がつくったんは、みそ汁のほうや。なんでみそ汁はほめてくれんのや？」
「アハハハハ」
　ヒカルは苦笑いをした。
　サエは無言のまま、キッチンのほうへむかった。
　やば、怒らせちゃったかも、とヒカルはつぶやいた。
　サエはカップをもってきてテーブルに置いた。
　注がれたお茶の表面がハートの形になっていた。
「このカップ、学校でふざけてつくったの、ダサいでしょ」
　サエは怒った様子もなく、笑顔でそういった。
「ダサくないですよ。カワイイ。ハート型のティーカップなんてはじめて視ました」
「あ、そうや」
　サエはなにか思い出したように席を立った。
　そして、こんどは星型カップをもってきた。
「星のカップは飲みにくそうですね」
「せやろ。不便やから、つかったことないねん。ハートのほうは、ちょいちょいつこうてんねんけど」
　ヒカルはハートのカップに注がれたお茶のにおいをかいだ。
　ツンと鼻をさす香りがした。
　一口飲んでみると、いがいにさっぱりしていた。
「味と匂いが、あんまりリンクしてないかんじですね」
「それ、紅茶とハーブをブレンドしたんや。痛くなったおなかを治す効果があんねんで」
「へえ」

ヒカルは、アンナさんとサエの趣向がなんとなく似ているような気がした。
食後、サエはヒカルを屋上に案内した。
サエはピーナッツが入った袋をもってエレベータにのった。
「そのピーナッツ、食べるんですか？」ヒカルはきいた。
「プーちゃんにあげるの」
「プーちゃんて？」
「鳥」
「屋上で鳥を飼ってるんですか？」
「うん」サエはうなずいた。
屋上につくと、高級感のあるガーデンエクステリア空間がひろがっていた。
足場にはびっしりと花壇がつくられている。
「ここに植わってる葉っぱ、ぜーんぶハーブなんやで」
「え！　ぜんぶですか」
「そうや。ヒカルが飲んだお茶はここで収穫したんや」
「どの葉っぱですか？」
「どれやと思う？　さがしてみ」
サエはそういうと、屋上のすみっこへすたすたと歩いていった。
ピュー。
彼女は口笛をふいた。
すると、ふぃおふぃおっと一匹の白い鳥が飛んできた。
鳥はサエの足元にとまった。
とても賢そうなハトに見えた。
「あれがプーちゃんか、僕より頭よさげだな」

　サエはしゃがんでピーナッツをなげた。
　ぱくぱく。
　プーちゃんはデカイくちばしでピーナッツをひろった。
「そのハトがプーちゃんですか？」とヒカルはきいた。
「ちゃうねん」
「じゃあ、プーちゃんはどこ？」
「ここにおる」サエはプーちゃんを指した。
「え〜？」
「ヒカル、プーちゃんの顔、よ〜く見てみい。プーちゃんはハトやないで」
　ヒカルはいわれるまま、食事中のプーちゃんをじっくり見た。
　ピンクのくちばし。
　真っ赤な目。
　真っ白の羽。
　プーちゃんはハトではなく、病気で変色したカラスに見えた。
「病気のカラスですか？」
「あたり。カラスで正解。でも病気やないで」
「病気じゃないのになんで白いの？」
「プーちゃんはうまれつき色素がないねん」
「へえ、突然変異ですか？」
「うん。そうや」
「めずらしい鳥ですね」
「鳥の絵柄のスカーフ、見た？」
「はい。見ました」
「あれプーちゃんなんや」

「あ、そういえば、おんなじ白だ」
「こんどな、ピーちゃんのもつくろう思ってん」
「猫バージョンですか」
「うん」
「できたやつほしいな」
「へへ。売ってたら買うか？」
「はい。買います」
　ふぃおふぃお。
　食事を終えたプーちゃんがサエの肩に飛びのった。
　サエはプーちゃんの背中を軽くさすった。
「サエさん、ナウシカみたい」
「だれや、そいつ？」
　サエはしかめっ面できいた。
　ヒカルはナウシカについて説明した。
「そんなアニメ、なにがおもろいの？」
「そんなアニメ、なんていうと、映画学科の学生が怒りますよ」
「知るかボケ」
　サエはそういってプーちゃんを空にはなすと、すぐにふり返った。
「ウソ。ごめん。近くにツタヤあんねんけどさ。ナウシカおいてあるかな。借りてきていっしょに見よ」
「いいですよ」
　それから、ふたりは屋上をおりてマンションを出た。
　ツタヤは歩いて五分の場所にあった。
　ヒカルはアニメコーナーにむかった。
『ナウシカ』をさがしていると、サエに手をひっぱられアダルトコーナーにつれていかれた。
「どーゆーのがスキなんや？」とサエがいった。
「どーゆーのっていわれても……」
「この子かわいくない？」
　サエは『働くお姉さん』というタイトルのＤＶＤをヒカルに見せた。
　ジャケットのクオリティがあまりにも高いので。
　ヒカルはつい、
「すごいクオリティですね。なんか興奮しちゃいます」
　と口に出した。
　サエは、クオリティの意味を、アダルト女優の身体のことだとカン違いしたのか、
「おまえムカつくわ。私が脱いだとき、ぜんぜん興奮せんかったくせに」
　とキレぎみでいった。
「いや、僕がいったのはこのジャケットのクオリティが……」
「うっせー、はよえらべ」
　ヒカルはしかたなく、たまたま目にとまった『あぶない放課後デラックス』というタイトルのＤＶＤを手にとった。
「ふ〜ん、ヒカルってこういうのがスキなんだ〜」
　サエはジャケットに写っている女の子の写真をまじまじと見た。
　ヒカルは恥ずかしくなって、アダルトコーナーを脱出した。

　マンションにもどったふたりは『ナウシカ』を見た。
　ストーリーが終盤にさしかかったころ。

グー……。グー……。

サエのいびきがきこえてきた。

ヒカルは彼女を起こさないように立ち上がり、

『眠り姫さんへ。今日は失礼させていただきます』

と、置き手紙を書いて部屋を出た。

そして、玄関を開けようとした時。

ちょ、まってや……。

とサエの声がした。

「はい。あげる」

彼女はレザーのブレスレットをヒカルに手わたした。

ブレスレットには八ケタの数字が刻まれている。

「これ、なんの数字ですか？」

「玄関の暗証番号」

サエはそういって、ヒカルにキスをした。

それから、三日後のことだった。

ヒカルはサエから、後期から学校を休学している。

ということをきかされた。

彼女によると、一ヶ月ほど前に休学届けを提出していたらしい。

十月十七日。朝。

ヒカルはベッドの上で夢を見ていた。

タッタッタッタッタッタッタッ。

烏帽子をかぶったちいさな男の子が走ってきた。

「ヒカル！　たすけて！」
男の子はそうさけぶと、ヒカルにだきついた。
「どうしたの？」
「こわいよ～、ヒカルぅ」
「だいじょうぶ。もうこわくないよ。僕が君を守ってあげる」
「ママが……」
「ん？　ママがどうしたの？」
「ママが……、いなくなっちゃった」
「なんでいなくなっちゃったの？　どこいったの？」
「もういないの、どこにも」
「死んじゃったの？」
「うん」男の子はうなずき、ドッと涙を流した。
「ママが死んで、ひとりになっちゃったの？」
「うん」
「それでこわくなっちゃったの？」
「うん」
「ダイジョブだよ。僕がいるから」
「ママ……ころちたのがくる」
「え？　ママは殺されたの？」
「うん」
ヒカルは暗闇のむこうから人の気配を感じた。
とこ……。とこ……。
足音がした。
白い布で顔をおおった男がやってきた。
「ママころちたのあいちゅ」

「あいつに殺されたの？」
「うん」
「ちょっと、そこの布をかぶってる人。この子のママになにをしたんですか？　この子はあなたが殺したといってるよ」
ヒカルは男に鋭い視線をおくった。
「ああ、殺したさ。それがどうした？」男はいった。
「なんでそんなことしたんですか？」
「はあ？　なんでってそいつは人間じゃねえからだ」
「この子は人間だよ」
「アッハッハッハ。おまえは目がついてるのか？　烏帽子をとってそいつの頭をよくみてみろよ」
「頭？　頭になにがあるっていうんだよ」
ヒカルがそういうと、男の子が自分で烏帽子をはずした。
男の子の頭には角がはえていた。
「ヒカル……。ぼく、人間じゃない……。オニだよ……」
「……」
ヒカルは男の子から一歩あとずさりした。
「ヒカル、行かないで！　行っちゃやだ！」
男の子は泣きながらヒカルのそでをひっぱった。
ゴメンね……。おどろいたりして……。僕はどこにも行かないよ。
僕がずっときみを守ってあげる……。
ヒカルは男の子の頭をなでながら、そうささやいた。
そして彼は布をかぶった男に主張した。
「ねえちょっと、布をかぶってる人。鬼にも生きる権利があると思いますよ」

「権利だと？　ふざけんな。鬼には殺される権利はあるが、生きる権利はない。それから、オレにはちゃんと、マスターピースっていう名前があるんだよ」
　マスターピースはそういって、上着からとりだした拳銃を男の子にむけた。
「まって。撃たないで」ヒカルはいった。
「だまれ！」
「まって、まって。この子を撃つなら、僕をかわりに撃ってよ」
「おまえは人間だから殺さない」
「まってまってまって。あなたはなにが目的なの？　この子のお母さんを殺したりして、いったいなにがしたいの？」
「オレはこの島がほしい。この島に住んでいる鬼は、ジャマだから全員消えてもらう」
「ちょ、ちょ、ちょっとまって。マーくん。ちょっとまって。ちょっと冷静になって」
「うるせーよ。おまえこそ冷静になれよ」
「は、は、は、はい。ぼ、ぼ、僕は、冷静ですよ。えーと、えーと……。もともと鬼がすんでたのに、あとからやって来て鬼がジャマっていうのはおかしくないですか？　てゆーか、なんでこの島に来たんですか？」
「ほしいからだっていったじゃねえかよ！」
　マスターピースはヒカルに銃をむけてさけんだ。
「えーと、えーと。島なんてほかにもいっぱいあるじゃないですか。なんで、あえて鬼が住んでるこの島をえらんだんですか？」
「ここがもっとも住みやすい場所だからだ。それに、オレには鬼を殺すという使命があるんだ」
「使命……ですか？」
「そうだ。オレは正義の使命を果たすためにここにやってきたんだ。オレは、人類の愛のために、夢のために、希望のために、自由のために、そして人類の平和のために、鬼を殺しにきたんだ」
「それなら僕にだって使命があります。この子の命を守る、という使命です」
「おまえは世界を平和にしたくないのか？」
「僕にはそんな大それたことはできません。世界を平和にするのは、戦争が大好きなお金持ちの人たちがすることです。僕みたいな無力な人間は、ひとりの命を守ることで精一杯なんです。でも、それが僕にとっての使命なんです」
「ガタガタいうな。貴様は、オレを敵にまわすことがどういうことなのか、わかってないようだな。貴様は人間だが生きるセンスをもっていない。とっとと死んだほうがいいな」
　マスターピースはそういうと、
　ジョン！　カモン！
　とさけんだ。
　ドドドドドドドドッ！
　顔が三つある黒いケルベロスが猛スピードでむかって来た。
　次の瞬間。
　鬼の男の子が金の剣を投げた。
　グサ！
　剣はケルベロスの目に命中した。
「ギャゥ！」

ケルベロスは叫び声をあげ倒れた。
「すごい！　今、どうやって投げたの？」
びっくりするヒカル。
「こいつは目が弱点なんだよ。目をぶっさせば、こうやって一発でぶっ倒れるんだよ。マスターピースも目が弱点なんだよ。だからおねがい、ヒカル。あの剣でマスターピースをやっつけて」
ヒカルはとっさにケルベロスから剣をぬき、マスターピースの顔をめがけて投げた。
ドス！
マスターピースの目に剣がつきささった。
「よし！　あたった！」
ヒカルは拳をにぎりしめた。
フッフッフッ……。
マスターピースは不気味に笑い、
「オレは不死身だ。これで勝ったと思うなよ」
と言葉をのこし、煙になって姿を消した。
「あの人は死んだの？」ヒカルはいった。
「ううん。いなくなっただけかもしれない」
「またやってくるのかな」
「だいじょうぶ。もう来ないと思う」
「そっか。とりあえず危機を逃れることはできたようだね」
「うん。ありがとうヒカル」
「お礼をいいたいのは僕のほうだよ。こちらこそ、ありがとう。きみに助けられたよ。ほんとうにどうもありがとう」
ふたりはそういいあって歩きだした。

「きみの名前を教えてくれない？」ヒカルはきいた。
「キミ」
「キミ？」
「うん」
「きみはキミっていうんだ。かわいい名前だね。キミちゃんて呼んでもいいかな」
「……ヒカル、ぼくはオニなんだよ。こわくないの？」
「ちっともこわくないよ。むしろ、かわいいくらいだ。キミちゃんは何才なの？」
「六才」
「そうか、六才か」
ヒカルはそういってキミちゃんの角を指で軽くつまみ。
すりすりすり、とさすった。
「ヒカル、やめて。そこは大事なトコなの」
「すこしくらいいいじゃないか」
「あん。やめて〜、だめだってば〜」
キミちゃんはヒカルの手をふりはらった。
「えへへ。ごめんね。ね、いろいろききたいことがあるんだけどさ。キミちゃんはキョーダイとかいるの？」
「妹が……」
「へぇ。妹がいるの。なんていう名前？」
「ソナ」
「へぇ。ソナちゃんていうんだあ。かわいい名前だね。会ってみたいなあ」
「ダメ。会えない」

「なんで？」
「ソナはもういないもん」
「どうしていないの？」
「ソナは死んだの」
「え！」
「ソナ、さっきの犬に食べられちゃった」
「キミちゃんがやっつけたケルベロス？」
「そう」
「……」
「あいつ、なんでも食べる。ぼくも食べられそうになった。ここ、あいつにひっかかれた」
キミちゃんは腕をまくった。
包帯でぐるぐる巻きになった手があらわれた。
「ダ、ダイジョブ？」ヒカルは心配そうにいった。
「うん。もう直ってきたからダイジョブだよ」
キミちゃんは笑顔でそういった。
ヒカルも、強い子だね、と笑顔をかえした。
視線の先に広大な原っぱが見えてきた。
「キミちゃん。あそこで、僕といっしょにおねんねしよっか？」
原っぱを指してヒカルはいった。
「うん。いいよ」
「えへへへ」
ヒカルは鼻の下をのばして笑った。
次の瞬間。
「危ない！」

キミちゃんはさけんで、ヒカルの体を突き飛ばした。
それと同時に。
ドスッ！
と鈍い音がした。
キミちゃんの胸部に剣が貫通した。
ヒカルは目のまえでなにがおきているのか理解できなかった。
体が凍りついた。
足が震えだした。
「あっはっはっは」
遠くからマスターピースの笑い声がきこえてきた。
「どうだ？　痛いか？　いっただろ？　オレは不死身だって」
「う……う……」
キミちゃんがうなって倒れた。
地面が真っ赤に染まった。
こんな夢は見たくない。はやく目を覚ませ！
ヒカルは心の中でそうさけんだ。
ドドドドー！
とつぜん、ケルベロスが走ってきた。
ガブリ！
ケルベロスはヒカルに噛みついた。
腕。足。胴体。
それぞれの部分を食いちぎった。
でも、夢の中だったので。
ヒカルは一切痛みを感じなかった。
覚めろ！　覚めろ！　早く覚めろ！

そうやって何度も念じたが、夢は終わろうとしなかった。
気づくと、ヒカルの体は生首だけになっていた。
ジョー……。
ケルベロスはヒカルにむかってオシッコをした。
「うわ！　しょっぱ！」
アンモニアが舌を刺激した。
「痛みは感じないのに味覚は感じる……。変な夢……」
ヒカルがそうつぶやくと、
うっせー！　ガタガタぬかすな！　このタコ！
とケルベロスがさけんだ。
「犬にタコっていわれた……」
「うっせーボケ！　オタンコナス！　貴様なんか食ってやる！」
ケルベロスはヒカルの頭部にかぶりついた。
ガブ！
一瞬、視界が真っ暗になった。
そして、ヒカルは目を覚ました。

5

十月十九日。金曜日。

学校に退学届けをだした。

ヒカルはフリーターになった。

お母さんに電話で学校をやめたことをつたえた。

すると、お母さんはこういった。

「そういうことは親にはナイショしておくものよ。お母さんに仕送りがストップされるかもしれない、っていう想像力がなんで働かないのかなぁ」

それからヒカルは、あと半年だけ仕送りの約束をしてもらった。

つづいて、韓国にいるお姉ちゃんにも電話をした。

お姉ちゃんは、電話にでるなり、韓国で上映中の『バンジージャンプ』という映画について語りはじめた。

「ヒカルって、去年まで彫刻科だったよね。バンジージャンプのヒロインも彫刻科の学生なんだよね。イ・ウンジュっていう新人の役者が演じてるんだけど。この子、ぜったいブレークするから、おぼえときな」

「……あのう、わかったからさ、ちょっときいてほしいことがるんだけど」

「なに？」

「きょう、学校をやめたんだ」

「は？」

「退学届けを出したの、学校に」

ヒカルがそういうと、お姉ちゃんが説教をはじめた。

ブツブツブツブツ……。

そのまま十分経過した。

説教は終わりそうもなかった。

国際電話なので、お金がかかってしまう。

ヒカルは「キャッチホンがはいった」とウソついて電話をきった。

夕方。

星奈アイカからケータイに電話があった。

映画の誘いだった。

「あした、丸の内トーエイで新作の舞台あいさつがあるんだけどさ。いっしょにきてくれない？」

「いいけど、なんで僕？　東美の彼はどうしたの？」

「なんか都合があわないみたい。てゆーか。これ、デートとか遊びじゃないからね。私さ、作品の感想をレポートで書かなゃいけないの」

「お勉強ってやつですか？」

「そう」

「わかりました。じゃ、あしたでいいんですね」

「うん」

「なんていう映画ですか？」

「『ＧＯ』っていう映画。作品の公式サイトをメールでおくっとくよ」

「了解です」

それから数分間、ふたりは会話をつづけた。

ヒカルはさいごに中退したことをつたえようとして、話をきりだした。
「ちょっとお知らせしたことがあります」
「なに？」
「うーんと……」
「どうしたの？」
「えーと……」
ヒカルはなかなかいいだせず、
「やっぱり、あした、おつたえします」
「なんで？　へんなの、ま、いーけどさ。じゃあ。ヨロシクね」
「はい」
「じゃーね、バイバイ」
「はい。どうも失礼します」

翌日の朝。
地下鉄銀座駅出口。
ヒカルは待ち合わせの時間ピッタリに到着した。
そして、アイカに電話しようとしたが、ケータイを忘れていることに気づいた。
五分ほどすると、アイカがやってきた。
「矢内くん、おはよ」
「おはようございます」
ゴルフ練習場で見たアイカの印象と変わっていた。
以前の彼女は、ポロシャツとホワイトデニムの格好だった。
この日は、ピンクのニットと柄のスカートの格好だった。
丸の内トーエイにつくと行列ができていた。

学校で見たことがある人が何人かいた。
「映画学科のひとが何人か来てませんか？」ヒカルはきいた。
「うん。二十人近くいるかも。でも、こうやってお金を払って映画を見るのは、だいたい演出コースの人たちだと思う」
アイカによると、映画学科の学生のほとんどは、試写会で映画を見るらしく、この場にいるのは、試写会の券をもらえなかった人や監督志望者とのことだった。
「アイカさんは何コースなんですか？」
「演技コース」
「へー、役者志望なんですか」
「いちおね」
中美の映画学科には。
製作。脚本。演出。演技。
という四つのコースがある。
ヒカルは、演技コースには芸能事務所に所属する学生がたくさんいる。ということを耳にしたことがあった。
「演技コースって芸能人が多いみたいですね」
「うーん、よくそうやっていわれるんだけど、実際のところよくわかんない」
「アイカさんはどこか芸能事務所には所属してるんですか？」
「パールスタジオってとこに名前だけおかせてもらってるかんじ」
「名前だけって？」
「所属はしてるけど、活動はしてない、みたいな」
「活動休止中なんですか」
「うん。でも、来年になったら、就職活動のつもりでオーディションをうけまくるんだ」
「へえ」
「芸能人だからって役者の仕事が自動的にはいって来るわけじゃないし、オーディション受けてなんぼの世界だからさ」
「へえ」
「私って不器用だから、芸能活動と勉強をいっしょにすることってできないのね。だから時間を使い分けてるの。オーディション期間と勉強期間。ていうかんじで」
「いまは勉強期間ですか」
「そうね」
「アイカさんて、実際にテレビのお仕事とかしたことはあるんですか？」
「うん、あるよ。『おはスタ』っていう番組。知ってる？」
「いいえ。知りません」
「私、その番組に出てたことあるの」
「へえ。どういう番組なんですか？」
「子供向けの番組で、平日の朝に毎日やってたの」
「毎日も？」
「うん。私が出てたのは週に一回だけなんだけど」
「その番組っていまもやってるんですか？」
「んー……。どうなんだろ。朝はテレビ見ないからわかんないなあ。たぶん、もうやってないと思う」
まもなくして、舞台あいさつの時間になった。
関係者のインタビューのあと、いよいよ上映開始。
ヒカルは、はじまって五分で寝た。

目を覚ますとエンドロールがながれていた。
「矢内くん。すごい熱心に見てたね。感想は？」
映画館を出ると、アイカがニヤニヤしながらそういった。
「すいません……。寝ちゃいました」
「つかれてるの？」
「う〜ん、まあ……多少……」
ヒカルがあいまいに返事すると、ふいに女性の声がとんできた。
「アイちゃ〜ん！　おっはー！」
「あ、メグ」
「『ＧＯ』サイコーにおもしろかったね」
「うん。よかった」
「また見る？」
「うん。時間があったら」
「私、ぜったいもう一回見る。ねえ、アイちゃん、この人だれ？」
メグという女性はヒカルを見ながらきいた。
「視覚デザインの二年生で、まだ、未成年なんだよ」
メグは、いくつなの？　とヒカルにきいた。
「十九です」とヒカルはこたえた。
「いいなあ若くて。うらやましい」
それから、メグとアイカは短い会話をしてからわかれた。
「あの人、映画学科の人ですか？」
「うん。メグミっていうの」
「僕のことを若いっていってましけど、メグミさんは何才なんですか？」
「ハタチ」

「僕と一個しかちがわないですよ」
「その一個が、どれほど大きい一個なのか、矢内くんにはわかんないだろうなあ……」
「十九とハタチの差って、女性にとってデカイものなんですか？」
「うん。デカイ。超デカイ。男性にとっての十七才と百才ぐらいのちがいがある」
「ああ……。あのう、さっきちょっと気になったんですけど、メグミさんて、変わったあいさつの仕方する人ですね」
「そんなこと気にしなくていいよ」
　アイカはそういうと、急に歩き出した。
　そのままふたりは銀座の本屋にむかった。
　アイカは『ＧＯ』の原作本をもってきてヒカルにわたした。
　黒い装丁だった。
　この本、ヤバい……。カッチョイイ……。
　ヒカルは手を震わせながらそうつぶやいた。
「矢内くんて小説とか読む？」
「日本語で書かれた小説は読んだことがありません」
「まったくないの？」
「はい。でも英語で書かれた小説なら読みますよ。ラウラっていう作家の本だけなんですけど」
「ラウラ？　その人、知らないなあ」
「僕はちっちゃいころから、ラウラの愛読者で熱狂的なファンなんですよ」
「ふーん。どんな人なの？」
　ヒカルはラウラについて説明した。

ラウラはエジプト出身の女性作家。
一九六〇年、カイロで生まれた。
母はスファラディ系ユダヤ人。
父はパレスチナ人。
一九九六年、三十六才という若さで生涯を終える。
死因は不明。
ファンのあいだでは、自殺説が有力になっている。
ラウラの小説の原書はアラビア語で書かれている。
全部で二十四冊の小説が発表された。
そのうち九冊が英訳されている。
「ラウラのことを話しだすと半日以上かかりますよ」
ヒカルがそういうと、
「じゃ、きかせてよ」とアイカはいった。
「喫茶店でも入りますか？」
「私んちの近くに喫茶店がオープンしたんだけどさ、そこ、行ってみよ」
「どこですか？」
「下北」

ふたりは下北に移動した。
喫茶店は下北沢駅から徒歩三分の場所にあった。
そこはカフェ・ネノキという音楽喫茶だった。
店内にはＳＰレコードでオーケストラの演奏がながれていた。
壁面のスピーカーはヒカルの身長よりも大きかった。
ふたりは店の奥にすわり、コーヒーを注文した。

「ラウラのまえに話すことがあります」とヒカルはいった。
「あ、そういえば、なんかいってたね。お知らせがあるって。私も話したいことがあるんだけど、なに？」
「実は学校をやめたんです」
とヒカルはいおうとしたが、
「学校をやめようか迷ってるんです」
といいまちがえてしまった。
「やめないで」とアイカがいった。
「へ？」
「なんでやめるの？　やめないでよ」
「えっと……」
「やめてほしくない」
う〜む……。ぽりぽり……。
ヒカルはうなって頭をかいた。
「わかりました。ぜったいやめません」
ヒカルは、はっきりした声でそういった。
まもなくして、コーヒーがきた。
アイカはカップにクリームを注ぎ、スプーンでくるくるかき混ぜた。
「アイカさんの話ってなんでしょうか？」
ヒカルはカップに砂糖を入れながら質問した。
「矢内くんに脚本を書いてほしいんだけど」
「学校の課題ですか？」
「そう。来週中に三本提出しないといけないんだけど、完成したの、まだ一本だけで、今二本目を書きはじめたばっかなんだ」

「まだ、なんにも書いてないのがあるんですか」
「そうなの」
「ヤバいっすね」
「うん。だからそれを頼みたいの」
「テーマとか決まってるんですか？」
「初恋」
「あははは。ムリ。ぜーったいムリ」
「ムリって決めつけないでよ」
「ムリです」
「おねがい。あとでおごるから」
「ムリムリ」
「おねがい。教科書を貸すから参考にして書いてみてよ」
　アイカはショルダーバッグから、『ロマンスライティング』というタイトルの本をとりだしてヒカルにわたした。
「これが教科書ですか？」
「そう。映画学科の必修科目でロマンスライティングっていうラブストーリーの脚本を書く授業でつかってるの」
「へえ」
「ほかにもあるよ」
　アイカは二冊の教科書をバッグからだした。
「それもロマンスライティング？」
「ちがう。それぞれべつの脚本の授業でつかってる教科書」
「え、脚本の授業っていくつあるんですか？」
「みっつ」
「そんなにとってるの？」

「うん。だから、毎週、二、三本脚本を仕上げなきゃいけないの」
「はあ。なんか、いそがしそうですね」
ヒカルはロマンスライティングの教科書を開いた。
『ラブストーリーのセオリー・三十七の大原則』
と題して、脚本のマニュアルのようなものが書かれてあった。
「ラブストーリーにセオリーとかルールなんてあるんですか？」
「あったりまえ。バリバリあるよ」
「うわあ……。この授業でラブストーリーが嫌いになっちゃったりしませんかね？」
「私、すでに嫌い」
「あははは」
「ねえ、矢内くんのお姉さんて、韓国の映画会社で働いてるんでしょ」
「あ、はい」
「じゃ、映画の脚本とか興味あるでしょ？」
「いや。あんまり……ない」
「なんで？」
「なんでっていわれても……」
「じゃ、書いてくれないの？」
「……」
「べつに、つくり話じゃなくてもいいんだよ。矢内くんが体験した初恋のことでもいいんだよ」
「あ、それなら書けるかもしれません」
「ホント？」
「はい」

「ホントにいいの？」
「はい」
「ありがとう。よろしくね」
「がんばります」
　ヒカルはその後、ラウラについて語りはじめた。
　しばらくすると、店内にモーツアルトの『セレナーデ』がながれだした。
　ヒカルはそれを聴いた瞬間に、ある過去の出来事が記憶としてよみがえった。

　約一年前。
　彼はそのとき、彫刻学科の学生だった。
　アトリエを出て宿舎に帰ろうとすると。
「これから第二スタジオで銃撃のアクションシーンの撮影があるんだって。ちょっと見にいこうぜ」
　銃開研に所属する若尾先輩にそうさそわれた。
　だが、第二スタジオにむかうと。
　始まったのはアクションシーンではなく、ベッドシーンだった。
　ヒカルはがっかりしてスタジオを出ようとした。
　すると、映画学科のタケルさんによびとめられた。
「ヒカル。ちょいまって。わりい、おねがいがあるんだけど。美術道具室からワルサーもってきてほしいんだけど」
「わかました。いくつ必要なんですか？」
「三丁足りない。いそいでもってきて」
「はい」

銃撃シーンはこれからはじまるようだ。
ヒカルは期待をふくらませた。
美術道具室にむかうと、だんだんピアノの音色が聴こえてきた。
だれかが美術道具のピアノで演奏をしている。
ヒカルは立ち止まり、耳をかたむけた。
聴き覚えのあるメロディーだった。
ヒカルは、それがボウイの『オーケストレーション』に収録されている『ウェルカムトゥ・ザ・トワイライト』だとすぐにわかった。
ガチャ……。
ゆっくりと美術道具室のドアを開けた。
白いブラウスを着た女性がピアノをひいていた。
女性はヒカルの顔をチラッと見ると、こんどは、モーツァルトの『セレナーデ』をひきはじめた。
ヒカルは演奏に聴き入った。
そして、放心状態になり、美術道具室に入った理由を忘れた。
女性は演奏をおえると。
床に山づみになって捨てられている映画学科の教科書をひろってページをめくりだした。
彼女はあるページをひろげ、これ見てみ、とヒカルにいった。
そのページには。
ムービーディレクター、ロニー・レイビーのこんな言葉が載っていた。
『人は、ドラマによって人生を学び、ドラマによってより大きな人生を体験するんだ。たとえそれが、低俗なモノであろうとね』
その言葉の横に落書きされたロニー・レイビーの顔写真がある。

バカボンのパパの鼻毛みたいなラインが。
ページをつらぬく筆圧でボーボーにひかれている。
ヒカルはその落書きを見ると、プッとふきだして笑った。
すると、ピアノをひいていた女性もいっしょに笑った。
彼女がひろった教科書をよく見ると。
顔写真がのっているムービーディレクターは。
ほとんど全員、落書きがほどこされていた。
「どうも、矢内ヒカルと申します。あなたは映画学科のひとですか？」
「ちゃう。工芸や」
「工芸の人がなんでここに？」
「ピアノ弾きに来たん。このピアノ、私が学校にあげたんや」
「持ち主だったんですか？」
「うん」
「そっか。だから上手だったのか」
「あのバイオリンも私があげたん」
女性は透明のバイオリンを指した。
ヒカルは女性に名前をきいた。
月島サエと名のった。
彼女の第一印象は。
こわそうだけど笑うとかわいい人。
そんなかんじだった。
「さっき、ボウイの曲を弾いてましたよね」
「うん。知っとるん？」
「はい。トワイライトですよね。僕、ラストギグスに行きましたよ」

「ほんま？　私も行ったで」
「え！　いつですか？」
「最後の二日目」
「僕も二日目」
「へー、ほな、いっしょやん」
「どのへんにいたんですか？」
「最前列のほうやったから、もう、まん前に布袋さんがいた」
「すごい。いいなあ。僕なんてメンバー全員が米粒みたいでした」
「ヒカルって、そんとき何才やったの？」
「えーと、六才くらいです」
「クソガキやんか。一人で東京ドームに行きはったん？」
「お姉ちゃんといっしょに行きました」
「へえ。お姉ちゃんがいるんだ。いくつ年上？」
「七才年上です」
ヒカルがそういった次の瞬間。
ガチャっとドアが開いた。
「矢内テメー！　おせーぞ！」
怒鳴り声をあげて部屋に入ってきたのはタケルさんだった。
「うっさいボケコラァ！」とサエは怒鳴りかえした。
タケルさんは、し、失礼しやした、と頭をさげてから。
ワルサーを持ちだして、そそくさと美術道具室をでていった。
「私、アイツにエアガンを貸したことあんねん」
「あ、そうなんですか」
「けど、まだ返してもらってないねん」
「だから腰が低そうだったんですかね」

「たぶんな」
「ははは」
　ヒカルは笑いながら、床においてあったホウキをひろい、エアライフルをもつようにしてかまえた。
　そして、射撃でもしてみたいなあ、とぽつりといった。
「ほんなら射撃部つくるか？」とサエがいった。

　矢内く〜ん！　お、き、て、る？
「んっ？」
　アイカの声でヒカルはハッと目を開いた。
「どうしたの？　呼んでも反応しないで」
「いや〜、すいません」
「さっきまでずっとしゃべってたのに、この曲がかかったら急にだまっちゃったね」
「ええ、ちょっと聴き入っちゃいました」
「ねえ、あのさ。いまからウチに来ない？　すぐそこなんだけど。ほかにも渡したい教科書とかあるし」
「あ、はい。そうしましょうか」
　ふたりはカフェ・ネノキをでた。

　喫茶店から徒歩一分。
　アイカは古風な宿屋みたいなアパートに住んでいた。
「オジャマします」
「どうぞ。座布団があるから座って」
　ヒカルは六畳間の和室に案内された。

ドアのわきに背の低い本棚がおいてあった。
『月刊シナリオ』や『キネマ旬報』がズラっと並んでいた。
アイカは座布団に座り、ヒカルに教科書を数冊わたした。
そのなかに『絵コンテ演出技法・情景編』という本があった。
ページをめくると風景写真がたくさんのっていた。
「それ、情景シーンの書き方とかがのってる本だから、ネタに困ったら、テキトーにそこからパクってね」
「は〜い」
アイカはさっそく机にむかい、脚本にとりかかった。
ヒカルは一瞬、帰るタイミングを探ろうとしたが。
この日はずっとヒマだったので、わたされた映画の教科書を読むことにした。
しばらく静かな時間がながれた。
教科書に集中していると。
首の部分に虫が歩いてるような感覚がした。
ヒカルはサッと手でふりはらった。
すると、アイカの指とぶつかった。
「あ〜びっくりした〜。虫かと思った」
「ネックレスつけてるんだね。ちょっと見せてよ」
「どうぞ」
アイカはヒカルの首からハッピージュエリーのひもをひっぱった。
「あ、あんまりひっぱんないでください」
「なんで？」
「チェーンからレザーに変えたばかりなんです。あんまりひっぱると切れちゃうかもしれない」

「切れるわけないでしょ。ねえ、これどうしたの？　だれにもらったの？」
ヒカルは〇・五秒考え、
「自分で買ったんです」とこたえた。
「ウソだ〜」
「ホントですよ」
「なんかウソっぽい。あんまり宝石とか買うような人にみえない」
「そうですか？　じゃあ、どんな人に見えます？」
「なごんでくれそう」
「ははは。アイカさんもなごんでくれそう」
「矢内くんて、そういうのタイプ？」
「ん〜と、どうなんでしょう……？」
「ねえ、こんど学校でね。キスシーンの撮影があるの。キスシーンの練習をしてもいい？」
「ええ。かまいませんが、いまからですか？」
「うん」
「東京美術大の彼をよぶんですか？」
「ちがうよ、矢内くんとキスシーンの練習するんだよ。いいでしょ？」
「……」
ヒカルは返事にこまった。
アイカはヒカルの肩に頭をのせた。
そして、小さくささやいた。
矢内くんといっしょにいると……、なんだか不思議……。
時間を忘れる気分になれる……。

「そういうセリフって、自分で考えるんですか？　それとも、小説を読んだり、映画を見たりして覚えるんですか？」
ヒカルは真顔でそう質問した。
すると、アイカはソファに顔をうずめ、しばらく動かなくなった。
しくしく……。
しくしくしく……。
彼女は泣き声をあげた。
「ひどい……矢内くん……ひどいよ……」
あれ？　あれ？
なんで泣いてるの？
う～む……ぽりぽり……。
困ったヒカルはとりあえず、
「キスシーンの練習をしてもいいですよ」といった。
「あっそう」
アイカはけろっとして、いきなり唇を重ねてきた。
彼女の目に涙はなかった。
泣いたのは演技だった。
ヒカルは唇をはなした。
「いまのスゴイ演技ですね、ちょっと感動。ホントに泣いちゃったのかと思いました」
「そんな簡単にドラマみたいに泣くわけないでしょ」
「あはは。そうですよね。あはは」
「演技で涙を流すこともできるよ」
「えー！　目薬とか使わないんですか？」
「目薬をつかう人は役者じゃないから」

「映画学科の学生ってみんな泣けるんですか？」
「そういう訓練をしてるのは演技コースの人だけ。監督目指してる人が泣く訓練してたらヤバイでしょ」
「あはは。たしかにそうですね」
「ヒカルくん」
「ん？」
　チュッ。
　アイカはまた唇をかさねた。
「私たち、つきあっちゃおうか……」
「え……。いや。でも……、彼がいるんですよね？」
「いないよ」
「え！」
「もう、別れちゃった。てゆーか、さいしょからつきあってなかったかも」
「そうだったの」
「あのさ、ヒカルくんはどーなの？　ホントはサエちゃんとつきあってないんでしょ。サエちゃんにむりやりゴルフを誘われたんでしょ。マイからきいたよ」
「!?」
　ヒカルはあ然として言葉をつまらせた。
「おたがい、パートナーがいないことだしさ。つきあってよ〜」
　アイカはヒカルにもたれかかった。
「まあ……考えておきます」
　ヒカルは考えもしないのに、そう答えた。

それから夜まで、ふたりは映画について語った。
アイカは夕食にカレーをつくった。
食事のときも映画の話はとまらなかった。
ヒカルは映画にかんするこんなエピソードを話した。
昔、よくお姉ちゃんに映画館に連れていかれた。
お姉ちゃんとさいごに見た映画は『シンドラーズリスト』だった。
その作品があまりにも長かったので、映画嫌いになった。
ヒカルは、マリスアカデミーの授業でふたたび『シンドラーズリスト』を見せられることになり、さらに映画嫌いになった。
「『シンドラーズリスト』ってすばらしい映画だと思うけど」
とアイカがいった。
「僕は二回も見たのに、オシッコがちびりそうになったという記憶しかありません。内容はぜんぶ忘れちゃいました」
「なんでオシッコの記憶しかないの」
「うーん……。ちっちゃいころでしたからねえ」
「シンドラーってじっさいにユダヤ人を千人くらい助けたんだよね」
「そうみたいですね」
「もっとたくさんのユダヤ人を助けた日本人がいた、っていうの知ってる？」
「いえ。知りません」
「名前、忘れちゃったけど、いたんだってそういう人が。だいたい六千人以上助けたのかな」
「へえ」
「それにしても、なんで長い映画を見たぐらいで映画嫌いになるの？　ショートフィルムとか短いのを見ればーじゃん」

「ショートフィルムでおもしろい映画ってなにがあるんですか？」
「んーと、一個あったけど……忘れちゃった」
「ははは」
「やだもう、ど忘れしちゃった」
「まあ、短くてもそんなに見たいとは思わないですけど」
「ヒカルくんて、もともと映画が嫌いだったの？」
「う〜ん……、よくわからないけど、昔からフィクションがあんまり好きじゃないのかも。リアルな世界で楽しんでいたいっていうか」
「ふうん。現実主義者なんだ」
「べつにそういうわけじゃないんですけど、なんていうか、わざわざ映画とか見なくても、現実の世界にもっとおもしろいストーリーがあるんじゃないか、って思っちゃったりするんですよ」
「ふうん」
「僕みたいな映画嫌いってイヤじゃないですか？」
「んーん、べつに。実は私も夢中になるほど好きってわけじゃない」
「あ、そうなんですか」
「映画学科に映画嫌いの人なんて、すっごいたくさんいるし」
「へえ」
「押野守っていう映画監督の教授がいるんだけどね。その人なんて、もう五年以上映画を見てないんだって」
「へえ」
「そういえば、ヒカルくんてインターの卒業生なんでしょ。さっきいってたよね、ユダヤ教の学校に通ってたって」
「ええ」
「実は私も海外のインターに通ってたことあるんだよ」

「え、どこの？」
「カナダ」
それからアイカは子供のころの話をはじめた。
彼女はカナダに八年間住んでいたことがあり、帰国子女だった。
しだいに二人の会話は、就職活動の話になった。
「最近、お父さんを通して、あるキー局のプロデューサーの人に、女子アナの試験を受けてみないか？　って誘いをうけたんだけど、ぜんぜん興味がもてないんだよね」
アイカはそんなことを淡々と話した。
日が暮れたころ。
ヒカルはアイカのアパートを出た。

宿舎に戻ると、玄関のドアの鍵が開いていた。
ヒカルはゆっくりドアを開けた。
部屋からモワッとシチューのにおいがした。
キッチンで誰かが料理をしているようだ。
玄関に野菜と米がつまったダンボールが置かれている。
「なんだ、お母さんか」
ヒカルはそういって部屋に入った。
すると、キッチンからサエがやってきた。
「あれ？　サエさん」
「おかえり、さっきヒカルのお母さんと会ったよ」
う〜む……ぽりぽり……。
ヒカルはうなって頭をかいた。
そして、目のまえの状況について考えた。

自分がいない間、お母さんがやってきて合鍵で部屋を開け、食材をとどけてくれた。
それと同じタイミングでサエも宿舎にやってきた。
ケータイを忘れたので、ふたりが来ることを事前に知ることができなかった。
たぶん、そんなことだろうとサエに確認してみた。
ヒカルの考えは当たっていた。
サエがキッチンのほうへ戻ると、ヒカルはクローゼットの扉をそーっと開けた。
バサッ。
中からヌードデッサン用でつかっていたクロッキー帳が飛び出してきた。
ヒカルはそれをクローゼットにしまい直し、
「よかった。バレてない」とつぶやいた。
数分後。
「ヒカル、お腹すいてるよね。シチューできたんやけど、すぐ食べるやろ？」
とサエがいった。
ヒカルはアイカのカレーで満腹だったけど、はい、とうなずいた。
サエは、皿に盛ったシチューとうるしで仕上げた木製のスプーンをテーブルにおいた。
そのスプーンは、マリアカにいたとき、ギリシャ人の友達から誕生日にもらったもので、ヒカルが十年以上使っているスプーンだった。
「スプーンのこと、お母さんからきいたよ。マイスプーンなんやろ。

ヒカルしかつかったらあかんのやろ」
「いや。そんなことないですよ。つかった人が僕しかいないだけで、誰でも使えます」
「ほな、こんど使わして」
「いいですよ。では、いただきま〜す」
ヒカルはシチューを口にはこんだ。
じゅるじゅる……。じゅるじゅる……。
「うまい？」
「はい。おいしいです」
「ほんまか？　なんかマズそーな顔してんぞ」
「……めちゃくちゃおいしーっす。サエさん、シチューとかつくるの得意でしょ」
「いひひ。ヒカルのお母さんがほとんど作り終えたとこで、私とバトンタッチしたんや。私、煮こんだだけや。いひひ」
「シチューをつくるプロセスのなかで、煮こむって一番重要なところだと思いますよ」
「いひひ。ホンマかいな」
「スプーンいがいのことで、お母さんとなにか話しました？」
「うん。したした」
「どんな話？」
「ヒカルのお母さんが教えてくれはったんやけど、最近、中国でコームのパチモンがめっちゃ売られるようになったんやって。しかも、それが日本でも大量にでまわってきとるみたい」
「パチモンてニセモノ品のことですか？」
「うん」

「それって、まずくないですか？」
「べつにかまへん。むしろハッピーやん」
「え、なんで？」
「ブランドなんてコピーされてなんぼや。うちら、芸術品つくってるわけやないから、べつにええねん。中国でパクられたら、それは世界的ブランドになった証拠なんや。せやからね、コームにとってハッピーなことなんや」
「ふうん」
「おじいちゃんだって、生きとったらきっと喜んでたはず」
「へえ。でもやっぱ、コピー品じゃなくて、ちゃんと本物がでまわるようになるといいですよね」
「せやな」
　サエは白い歯をだしてニコッと笑った。
　ヒカルはその笑顔を見て。
　ぜったいにシチューを残さないぞ、と心に決めた。
　彼は、おかわりをして鍋にあったシチューをぜんぶたいらげた。
　お腹がふくれて、しばらく動けなくなった。
　数分後。
　カチャカチャ。カチャカチャ。
　サエがお皿を洗っている音が聴こえてきた。
　それといっしょに彼女の声も聴こえてきた。
「お〜い。ヒカル」
「なんですか？」
「そこにある、ビンラディンをデブッチョにしたようなオッサンだれ？」

「そこってどこですか？」
「モニターの前んとこ」
モニターの前には、銃開研の部長からおくられた、イザナミ最新号でつかう資料がつんである。
その一番上にあるのは、ＣＧで復元されたイエス・キリストの肖像画だった。
「だれだと思います？」ヒカルはきいた。
「わからんからきいてんの」
「イエスです」
「あ？　きこえへん」
食器を洗う音がヒカルの声のジャマをした。
ヒカルはもういちど「イエスです」といった。
サエは、ぜんぜんきこえへん、とくりかえした。
ヒカルは「イエスでーす！」と大声でさけんだ。
すると、サエがあわあわの手のままキッチンからもどってきた。
「おまえ、声でかすぎ。うっさいよ」
「ごめんなさい。発声練習してたんです」
「あほ。そいつ、ホンマにイエスなの？」
「はい」
「アンパンマンみたいな顔してんねんな。めっさアンコつまってそう」
「どちらかというと、カレーパンマンのほうに似てるような気がしますけど」
「アンパンマンとカレーパンマンを足して二で割ったかんじか？」
「それだと、甘いのと辛いのがフュージョンしてすごい味になっちゃうと思うんですけど」
「けっこうウマそうやん」
「てゆーか、イエスが生きてた時代にアンコってあったんですかね？」
「ダイズやからあったやろ」
ポタッ。ポタッ。
サエの手から洗剤が床にたれた。
「あ！　あ！　あ！　サエさん、たれてます」
「きゃ！」
「あはははは」
「ごめんちゃい」
サエは急いで床をふきはじめた。
数分後。
ヒカルは歯ブラシをくわえたままソファの上でいびきをかいて眠っていた。
ｚｚｚ……。
「おい。サル。おきろ。ちょい、話があんねん」
じょぼじょぼ〜。
サエは寝ているヒカルの顔にミネラルウォーターをぶっかけた。
「うあ〜！　ぶっ！」
ヒカルは歯ブラシを吐き出しながら目を覚ました。
「歯ブラシくわえて寝てるヤツ、はじめて見た」
「びっくりさせないでくださいよ。雨漏りかと思いましたよ」
「ね、きいて。ヒカルのお母さんにさ、ヒカルを私んちに住ませてええか？　ってきいたら、オーケーしてくれたんやけど、どうする？」
ヒカルは彼女がいっていることを理解できず。
もう一度いってください、といった。
サエはくりかえし、おなじことをいった。
「……どうする？」
「どうするっていわれても……」
「私んちなら、家賃とかいらんし、お母さんに迷惑かけんですむやんか。だから、ええやろ？」
ヒカルは十秒考え、いいですよ、とこたえた。
「ほな、いつから住む？」
「来年から」
「アホ、来年てあと二ヶ月以上もあるやんか。そのあいだ、なにすんねん」
「じゃ、十日後に」
「よっしゃ。ほな十日後に決定」
ヒカルは「あ、やっぱムリです。やめときます」とことわろうとしたが、タイミングをはずしてしまった。
サエが帰ったあと。
ヒカルは脚本を書く作業にとりかかった。
「テーマは初恋。マイファーストラブメモリー……。初恋初恋初恋初恋……。初恋は発熱のはじまり……。初熱……。そっか、最初に熱が出たときのことを書けばいいのか……」
ヒカルは、実家からもってきてあったマリアカジュニアスクールの卒業文集を本棚からとりだした。
彼は文集を開き初恋の記憶をたどった。

それは、九才のときのことだった。
初恋の相手はイ・エイミというノースコリア人の女の子だった。
エイミちゃんは星を見るのが好きな女の子だった。
卒業文集にエイミちゃんの作文はのっていない。
彼女はグレイドファイブ（日本の小学五年）のとき、アメリカの学校に転校してしまったからだ。
そのかわり、彼女がうつっている写真を何枚か見つけることができた。
ヒカルは自己紹介ページをぱらぱらめくった。
ひからびたヒジキのようなヨレヨレの英字に目がとまった。
こんなことが書いてあった。

「座右の銘」
がんばらない、苦労しない、努力しない、目標をもたない。

「将来の夢」
ピンクのクリームにつつまれた苺ケーキを丸ごと一個食べる。
天才ギタリスト、ヤンガーカッツに弟子入り。

「趣味」
ビックリマンシール。

「内容といい筆跡といい、ひどいな。こんな子いたんだ……」
ヒカルは氏名のところを見た。
ＨＩＣＡＬと書いてあった。

「やべ、忘れてた……。これ僕が書いたんだ……」

ほかの男の子の自己紹介ページを見た。

科学者になる。

宇宙飛行士になる。

弁護士になる。

政治家になる。

大学教授になる。

ジャーナリストになる。

証券マンになる。

医者になる。

広告マンになる。

映画プロデューサーになる。

ユダヤ教の生徒が多いためか、将来の夢はそんなのばっかりだった。

ジョンのページをひらいた。

人生設計の欄に、イエール大学に入学して一年でやめる、と書いてあった。

このころから中退を決めてたなんて……カッコいい！

ヒカルはジョンの計画性にすっかり感心してしまった。

この日、ヒカルは卒業文集を読むことに夢中になってしまい、脚本を一行も書かなかった。

というより、カレーとシチューのダブルパンチでお腹をこわしてしまい、それどころではなかったのだ。

6

二日後。

脚本が完成した。

ヒカルはエイミちゃんと江ノ島の展望台に遊びにいったことがあった。

その体験をベースにして脚本を書いた。

まだ、マリスアカデミーが日本タルムード学院という名前だったころの話だ。

当時、ヒカルは九才だった。

エイミちゃんが日本を発つ一週間前。

その日は平日で、エイミちゃんとふたりで学校をサボって江ノ島にむかった。

ヒカルは、ひいおじいちゃんが七三一部隊で使っていたカメラで、エイミちゃんの姿を何枚もフィルムにおさめた。

ここまではヒカルが体験したこと。

この体験をもとに、できあがった脚本はこんなかんじ。

カメラマンを目指している男の子が主人公。

主人公は初恋の女の子と江ノ島の展望台に行く。

そこで主人公は、八ミリフィルムで人生はじめての撮影をする。

男の子は数日後、事故で死んでしまう。

女の子のもとには男の子の処女作であり遺作となったフィルムだけが残される。
さいごに、女の子がそのフィルムを映写機で再生して、スクリーンにうつしだされた自分の姿を見て泣き出す。

ヒカルはさっそくアイカの家まで行って書き終えた脚本をわたした。
だが、アイカは脚本を読むなり、
「ヒカルくん、これ提出できないよ」
と、ダメだし。
「ふへ？　どこか、問題でも？」
「ロマンスライティングの教科書、ちゃんと見た？」
「ぜんぶには目をとおしておりませんが」
アイカはロマンスライティングの教科書をひろげ、
「ここ、ここ」といってヒカルの顔の前につき出した。
ひらいたページにはこんなことが書いてあった。

『第五章・犯してはいけない三十八の項目』
（第一項目）たとえば、カメラマン志望者を主人公に設定する。
その主人公の処女作が遺作となる。
本講義においては、こうした安直なストーリーの発想をすることは、断じて許されない。
そのストーリーの脚本をどうしても完成させたいならば、トイレの壁に書いてほしい。
最後に消すことも忘れずに。

なぜかって？

そのストーリーはトイレの落書きにも値しないからね。

う〜む……。ぽりぽり……。

ヒカルはうなって頭をかいた。

「僕が書いたのと同じですね」

「キャハハハッ。ヒカルくんさ、これ、きみがホントに体験したことなの？」

「主人公が死んだこと以外は、ほぼ原体験です」

ヒカルが真顔でそういうと、アイカは呼吸困難ぎみで笑った。

キャハハハッ。ひっくひっく。

「そんなにおもしろいですか？」

「ヒカルくんて超天才」

「え……？」

「いるんだね、こんな体験する人、希少生物だよ」

「……どういうことですか？」

「だって、まんまじゃん」

「ええ、まんまですね」

「これ、せっかく書いてくれたのに、ルールをモロやぶってるから提出できないよ」

「え！　ごめんなさい。もし提出したら？」

「単位がもらえない」

「……」ヒカル、絶句。

「似てるっていうか、そっくりなのが奇跡的だよね、マジうける」

「……」

「でさあ。この初恋の子とはどうなったの？」
「どうもしませんでした」
「告白は？」
「してません」
「なんで？」
「したかったけど、マリアカは交際禁止なんですよ」
「うわ。きびしいね」
「はい。しかも、バレたら退学です」
「そんなきびしい学校だったの？」
「校則さえちゃんと守っていれば、ゆるい学校ですよ」
「ゆるいたってきびしすぎるよ」
「あと、いじめもバレたら退学です」
「うわっ」
「いじめたほうもいじめられたほうも退学です」
「なんか、すごいとこだね」
「まあ、それはいいとして、脚本どうします？」
「あ、大丈夫だよ。締め切りのびたから」
「なんだ、よかった。じゃあ、書き直してきますよ」
「いーよ。なんだか悪いし」
「書き直しますよ」
「いいってば、ちゃんと自分で書くことにしたからさ」
「そうですか」
「うん」
「ホントすいませんでした」
「いいって、べつに気にしなくても」

アイカはケータイでヒカルの珍事を友達にいいふらしまくった。
しばらく部屋のなかで、彼女の笑い声がやまなかった。
ヒカルはロマンスライティングの教科書をパラパラめくった。
ふとあるページに目がとまった。
こんなことが書かれてあった。

『第三章・物語の力　鑑賞者心理を動かすためのアプローチ』
ハリウッド映画界、製作者たち五〇人の言葉

Ｃ級駄作映画をつくりたいのなら、ヒロインにこう言わせなさい。
「私とはじめて出会った日のことを憶えてる？」
そして、回想シーンとして、主人公とヒロインが音楽室で初めて出会うシーンを撮影しなさい。
クランクアップしたころには、映画業界から身を引く、という君の願いが現実のものとなるだろう。
（ＩＢフィルム取締役　タブリン・ウォー）

ヒカルはこれを読んで、プッとふきだした。
自分とサエがはじめて出合った場所は、似たようなシチュエーションだ。
ふたりが、もしラブストーリーの世界に生きていたら、まちがいなくＣ級駄作になるだろう。
ヒカルはなんとなくそう思った。
ポケットのなかのケータイがブルった。

サエからだった。
ヒカルは電話中のアイカに、
「すぐもどりますね」
といって外に出た。
「なんで、でないんじゃ。ボケコラ」
サエはヒカルが丸二日間ケータイにでなかったことに怒った。
「バイトがめちゃくちゃ忙しかったんですよ」
と、ヒカルはウソのいいわけをした。
「帰り、遅かったん？」
「そうです」
「二十八日ってヒマ？　バイトあんの？」
「いちおヒマです」
「久しぶりに競馬場行ってみんか？　天皇賞があんねん」
「そういえば、もう、そんな季節なんですね」
「どーすんねん？　行くんか？」
「いいですよ。行きましょうか」
「よっしゃ、きまりね」
「はい。たのしみですね」
「いまどこにおるん？」
「カサハラアーキテクトです」
「おい、バイト中かい！」
「そうです」
「わりいね、ほんじゃまた連絡すんね」
「はい、わかりました」
「バイバイ」

「あ、サエさん、まって」
「なんや？」
「あのう……。僕とはじめて出会った日のこと憶えてますか？」
「はあ？　アホか！　んなこと憶えてるわけないやろ」
「ですよねぇ。あはは」
「あたりまえじゃボケ」
「あははっ」
「ほなきるで。バイバイ」
「はい、さようなら」
　ヒカルはケータイをきってふりかえった。
　すると、目のまえにアイカが立っていた。
　だれとお話してたの？　と彼女はいった。
「バイト先の人と話してました。仕事のことでちょっと……」
「ふ〜ん。なんでわざわざ外に出るかな〜」
　アイカはそういって、バレエダンサーのように体をくるくる回転させた。
　彼女はきゅっと足をとめると、
「あのさ、このあいだのことだけど、どうする？」とたずねた。
「このあいだのことって？」
「私とつきあってくれるの？」
　そんなことはすっかり忘れていた。
　ヒカルは彼女をふる勇気がなかったので、条件を提示することにした。
「アイカさんて役者になりたいんですよね」
「まあ、演技で食えたらサイコーかも」

「じゃ、アイカさんに映画の出演がきまったらおつき合いしましょうか？」
これで自分のことをあきらめてくれるだろう。
とヒカルは考えた。
でもアイカは、
「それだけでいいの。わかった」
といって、余裕そうな顔をした。

十月二十八日。日曜日。早朝。
宿舎の屋上から競馬場をながめた。
日の出に照らされた競馬場が巨大な陰影をつくっていた。
太陽の光をあびて、体がホカホカしてきた。
ヒカルはなんとなくすがすがしい気分になった。
「ヒカルぅー、なんで裸なの？」
背後から女性の声がした。
中国系マレーシア人留学生のカティアさんだった。
「カンプー摩擦してるんです」
「それ、カンプ摩擦の間違いじゃないの？」
「え？　そうなの？」
「カンプー摩擦なんていう日本語はないよ」
「え？　じゃ、カンプ摩擦とカンプー摩擦ってどうちがうの？」
「だから、カンプー摩擦っていう日本語はないっていってるでしょ」
「そうだったんだ」
「そうだよ」
「カンプよりカンプーのほうがひびきがいいので、僕はカンプーをつかいます。カン！　プー！　ヤー！」

ヒカルは空気にむかって少林寺拳法をマネしたようなパンチをした。

すると、カティアさんは無言でその場からいなくなった。

この日は、サエと約束したとおり、秋の天皇賞を見に行くことになっていた。

ヒカルが府中に引っ越してきたばかりのころ。

サエとマサヤさんと三人で乗馬の練習をしたことがあった。

東京競馬場に行くのは、それ以来のことになる。

部屋にもどると、朝ごはんのにおいがした。

「この子に決めた」

サエが日刊スポーツをひろげながらそういった。

「この子って？」

「アグネスデジタル」

「決めたって、サエさん、馬券を買うんですか？」

「あたりまえやん」

「おいくらほど？」

サエは、「ヒミツ♪　ヒミツ♪」といって、チャイナ語で『ひみつのアッコちゃん』を歌いだした。

ヒカルはきゅうにブルブルと寒気を感じた。

「競馬って新聞とかみてもさっぱりわからないんですが」

「私もさっぱりわからん」

「では、どうしてアグネスデジタルを？」

「なんとなく、この子がいいとおもただけ」

「インスピレーションですか？」

「そうや」
「インスピレーションでかけ事をするのは、非常に危険な行為だと思いますが」
「うるさいねん。テメー文句あんなら朝メシ食わせねーぞ」
「す、す、すいません」

朝食後。
ふたりは東京競馬場にむかった。
歩いて十分で到着。
正門をくぐった。
意外にカップルが多かったので、ヒカルはびっくりした。
メモリアルスタンドに入った。
二階にあがると、絵画学科のマツオくんがいた。
手をつないでいる女の子もいっしょにいた。
ヒカルはマツオくんとネット上で知り合った。
全国の童貞があつまるコミュニティサイト。
『ラヴストック恋愛研究所』。
通称ラヴ研。
ふたりはそこの掲示板で、彼女なんて一生いらないよね。
なんていう話をして、すっかり意気投合したばかりだった。
それなのに。
同じ日に同じ場所でお互い女の子とラブラブモードで歩いている。
これは気まずい状況だ。
「やあ」
ヒカルはマツオくんとすれ違いざまにあいさつをした。

「オッス」
　マツオくんはひきつったような笑顔で応じた。
　言葉の交換はそれだけだった。
「あの人、学校で見たことあんねんけど、友達？」とサエがいった。
「そうです。絵画学科で油絵専攻のマツオくんです」
「どこで知りあったん？　サークルいっしょなん？」
「海外のファッションショーを動画で配信してるコミュニティサイトがあるんですけど。そこの掲示板で知りあったんですよ」
「ネットでファッションの流行なんかチェックしてるんだ。えらいね、ヒカルって」
「ははははっ。そんなことないですよ。はははは」
　ヒカルはエセ笑いをした。
「私ね、ヒカルとちがって、ファッションの流行とか追いかけたりせーへんし、気にしないようにしとんねん」
「なんでですか？」
「私にとって、ファッションは大切なこと。どうでもいいことやないねんから」
「どうでもいいことじゃないのに、どうして流行を追いかけないんですか？」
「アホ。自分にとってどうでもいいことは流行にしたがったほうがええねん。でも、どうでもよくないことは、自分にしたがったほうがええねん。流行なんて気にしてたらあかんのや」
「ふうん。どうでもいいことは、流行にあわせればいいわけですか」
「そやねん」
「じゃ、僕はファッションのことはどうでもいいと思ってるので、ファッションはちゃんと流行にあわせようと思います」
「あははは。せいぜいがんばりや」

午後三時二十五分。
発走十分前。
ヒカルは緊張で体が硬くなり、手足には細かい震えが走っていた。
となりにいるサエは、酔っぱらってぐにゃぐにゃになっていた。
午後三時三十四分。
発走一分前。
サエはよだれをたらして眠っている。
ヒカルは彼女の腕をひっぱりおこそうとしたが、反応なし。
午後三時三十五分。発走。
サエはようやくおきて、半開きの目でコースのほうをみた。
ヒカルはただ、祈りつづけた。
アグネス……。アグネス……。アグネス……。
がんばって、アグネス……。
ゴールの瞬間。
耳と目をふさぎ外界をシャットアウトした。
アグネスデジタルは一着だった。
ヒカルがそれを知るまでにすこし時間がかかった。
「ねえ、苦しそうだけど、どうしたの？」
マツオくんがそう話しかけてきた。
「あ、平気です」とヒカルはかえした。
「券は買ったの？」
「こちらの方が買いました」ヒカルはサエに手をむけた。

「何番を買ったの？」
「たぶん、アグネスデジタル十番単勝ってやつです」
「マジで！　アグネス一着だよ」
「え！」
「見てなかったの？」
　ヒカルは電光掲示を確認した。
　たしかにアグネスデジタルが一着だった。
　ヒカルは、やりましたね、とサエにいった。
　だが、彼女は眠っていた。
「モデルさんみたいだね。彼女なの？」とマツオくん。
「彼女じゃないです。学校の先輩です」
「学科どこ？」
「文化工芸です」
「何才？」
「え〜と、二十一です」
「年上か〜。やるな〜。年上が好みだったのかあ」
「いえ、ですから、つきあってないです。この人とはごくフツーの友達関係」
「ウソでしょ。さっき顔にキスされてたじゃん。うしろから見てたよ。てゆーか、はげしくなめられてたよね。べろべろべろ〜って」
「この人、酔っぱらうと誰にでもキスをするんです。キス魔なんです」
「ふうん……、あ、おきたみたい」
　サエがむくっと起きあがった。
「サエさん、アグネス一着でしたよ」

「あっそ、換金してきて」
サエはヒカルに馬券をわたすと、また眠りはじめた。
マツオくんはヒカルの肩にぽんと手をおき、
「がんばろうね」
といっていなくなった。
ヒカルは、なにをがんばるのー！　と心の中でさけんだ。
馬券を換金したら八十五万円になった。
「サエさん、いくら投資したんですか？」
「あんま、つこうてないよ」
「八十五万になりましたよ」
ヒカルは震えた手で札束をわたした。
サエはダルそうな顔つきで、
「よかったやん」
と他人事のようにいった。

ふたりは東京競馬場を出た。
「使い道きめよっか」とサエがいった。
「貯金したほうがいいと思いますよ」
「ヤダ。派手につかう」
「貯金したほうがいいと思いますよ」
「ヤダゆーてるやろ。あ、そうや。デザイン探訪せんか？」
「デザインで田んぼする？　ああ、田んぼをデザインしたいんですね。安い土地でも買うんですか？」
「どあほう！　タンボじゃなくて、タンボーじゃ！　この金で田んぼ買う思うやつがどこにおんねんボケ！」

「旅の探訪ですか？」
「そやねん。デザイン探訪やって」
「都内の建築でも視てまわるんですか？」
「そういうキタナイとこじゃなくてさ。海外の建築がええねん。それにほら、ヒカル、海外旅行したいゆーてたやんか」
「え？　いいましたっけ、そんなこと？」
「いってたよ〜」
「まあ、たしかに海外旅行はしたいですね。デザイン探訪なら、バウハウスとかポンピドゥセンターとか。いちど視てみたいです」
「ほな視にいこうよ」
「でもお金が……」
「このお金つかうから、ヒカルは一円も出さんでええよ」
「……いいんですか？」
「うん。ほな、いくことは決まりね。いつにする？」
「サエさんが決めてくださいよ」
「ほな、年末年始で決まりね。どこに行く？」
「それはゆっくり考えましょう。今はとりあえず、銀行にあずけませんか？」
「せやな」
　サエは近くにあったコンビニのＡＴＭでお金を入金した。
　それから、ふたりはあてもなく歩いた。
　数分後、府中の森公園についた。
「ちよっと、そこで休みましょうか」
　ヒカルは公園のなかにある美術館を指した。
　府中の森公園は、元々米軍府中基地の跡地だった場所で、廃墟施設が近くにのこっている。
　そこは、ときどき、銃開研の遊び場として利用されていて、八月には花火大会やキモだめしの会場にもなった。
　ヒカルもそれに参加していた。
　彼にとって廃墟施設は遊園地だった。
「ああ、なんか眠ダルぅ」
　美術館の敷地に入ったとたん、サエが芝のうえで横になった。
「ベンチに座りませんか？」とヒカルはいった。
「やだ。ここがええねん」
　サエは手を枕にして目を閉じた。
　ヒカルはあたりを見回した。
　競馬場のざわついた雰囲気とは対照的に、そこはほとんど人影がなかった。
　ヒカルはぼーっと空を眺めた。
　しばらく、ゆったりとした時間がながれた。
「ヒカルってさ、なんで銃開研の人に『チュチェ』ってよばれてんの？」
　ふいにサエがいった。
　ヒカルはこたえられなかった。
　自分でも理由がわからなかったからだ。
　銃開研副部長のミツル先輩に電話できいてみることにした。
「もしもし、ミツル先輩ですか？」
「なんだよ。チュチェ」
「あのう。ちょっとききたいことがあるんですけど、なんで僕は、『チュチェ』っていうあだ名なんですかね？」

「『チュチェ』っていうのは、お子ちゃまっていう意味だ。おまえにピッタリだろ」
「僕ってお子ちゃまですか？」
「バーカ！　おまえ、学校の池で立ちションしただろ！　それがお子ちゃまじゃなくてなんなんだよ！　バーカ！　そんなことより府中市美術館にいるバカップル。あいつら、なんとかなんないか？最近めちゃくちゃよく見かけるんだよ。美術館はデートする場所じゃねーぞ。神聖なる場所だ。な、チュチェ、こんど府中市美術館でバカップルを見つけたら撃ち殺していいぞ。オレが許す」
ミツル先輩はそういってケータイをきった。
「サエさん。ここにいると、バカップルだと思われませんかね」
とヒカルはいった。
サエは、はああああ？　っと声を出しながら起き上がった。
「私は、なんで『チュチェ』てよばれてんの？　ってきいたんや。せやのに、なんでそないなこたえがかえってくるわけ？　意味わかんねーよアホ！」
ヒカルは、しまった、と思いながら額に手をあてた。
サエがペタッと体をよせてきた。
「ヒカルってそないこと気にしてんか？　なあ、そないこと気にしてんか？」
「いや、べつに……」
「うちらバカップルでええやん。バカップルじゃイヤなんか？　あぁ？　どないやねんコラ。バカップルじゃイヤなんかコラ」
「……バカップルで、かまいません」
「ほな、あんま意味わからんことといわんといてな」

　サエは涙目でそういうと、唇をかさねてきた。
　彼女の口からアルコールの臭いがプンプンした。

　その日の夜、サエは宿舎に泊まっていった。
　ヒカルが眠りについた直後。
「ね。ね。ヒカル、おきて。人と馬が合体した、弓もっとるヤツおるやんか」
　サエはそういってヒカルを起こした。
「え？　ケンタウルスのことですか？」
「そうそう、あれってさ、オスっていうの？　オトコっていうの？」
「オスだと思いますよ」
「ほな、メスってどんなの、おっぱいとかあんの？」
「メスはいないかもしれません」
「ほな、どうやって繁殖すんねん？」
「ケンタウルスって神様がつくった怪獣なんじゃないでしょうか。だから、生まれるときは、こう、ふわぁっと……、自然に空からふってくるかんじで……」
「あほか、んなわけないやろ。怪獣だからってセックスなしで生まれるわけないやろ。ぜったいメスがおるはず」
「オスとかメスとか区別がなくて、アメーバみたいに分裂して、増殖というか繁殖しているのかもしれません」
「気色ワル〜。つーか、あれ、哺乳類やろ？　せやから、ぜったいメスおるって」
「哺乳類だとしたら、肉食動物なのか草食動物なのか。どっちなんでしょう？」

「馬やから、草食動物やろ」
「でも上半身は肉食系のマッチョですよ」
「マッチョだと肉食動物になるんか？　ポパイはマッチョやけど、草、食べるで」
「あれは人間ですよ」
「あ、そやな。ちゅーか人間て肉食なの？　草食なの？　どっち？」
「さあ？　どっちでもないと思いますけど」
「ヒカルは自分のこと、どっちやと思う？」
「ふだんお肉を食べるけど、草食タイプだと思いますね。サエさんは？」
「私もどっちかゆーたら草食かな。肉食な気分になることもあんねんけど」
「どんなときに肉食な気分になるんですか？」
「エッチのときとか」
「えー！　それって僕が食べられてるの？」
「うん」
「えー！　サエさん……それ……なんかこわい……」
「せやけどさ……あれ……？　うちら最初なんの話してたんやっけ？」
「えーと、ケンタウルスは、オスなのか？　それともオトコなのか？」
「そうやったっけ？」
「はい」
「そんなん、どっちでもええよ。私もう寝るからおこさんで」
「あ……はい……。わかりました……。おやすみなさい」

「うん。おやしゅみぃ」

翌朝。
家電話の音で目が覚めた。
サエはお腹を丸出しにしてグーグー寝ている。
サエのおへそには水色のラインストーンピアスが光っている。
ヒカルは彼女をおこさないように静かに受話器をとった。
銃開研の章二さんからだった。
「ヒカル、安全保障学のレポートでつかう資料なんだけど。また訳をおねがいネ」
章二さんはこうしていつも英語の翻訳を頼んでくる人だ。
そのさい、速達で資料をとどけてくるのがオキマリになっている。
ピンポーン♪　速達で〜す。
電話中にジャストタイミングで資料がとどいた。
『ブループリント・オブ・ジャパン』という本だった。
「資料がとどきましたよ」
「おっ、きたね。ＧＨＱ幕僚部にいたオッサンが書いた本でさ。それ、いまんところ、ピューリッツァー候補になったことがあるルモンドの記者が翻訳したフランス語版と、原書の英語版しか出版されてないんだなぁ。ちなみにそのオッサンの甥っ子はＣＩＡの支局長だ。親せきにはＫＫＫの幹部もいる。そういえば最近、日本に来たとき、ＩＭＦのエコノミストと雑誌で対談してたなあ。じゃ、ふせんがはってあるページ、ぜんぶ訳しといて。おわったら、即効メールでちょうだいネ」
「わかりました。ところで、ピューリッツァーってなんなんですか？」
「ヒマ人に与えられる称号だ」
「へえ。そうだったんですか。ルモンドってなんなんですか？」
「フランスにある知的障害者の施設だ」
「ＧＨＱってなんなんですか？」
「ゴミ、ハクチ、くるくるパーの略だ」
「ＣＩＡってなんなんですか？」
「畜生、インチキ、アホ集団の略だ」
「ＫＫＫってなんなんですか？」
「キチガイ、狂人、くるくるパーの略だ」
「ＩＭＦってなんなんですか？」
「イカサマ、マヤカシ、ふざけたブタ野郎の略だ」
「えへへっ。なんだか、どれも僕と仲間になれそう」
「そんなことより、おまえさ。学校やめたっつーうわさがあるんだけどよ。デマだよな？」
「うわさを信じるのはボケの始まりですよ」
「うるせーバカ。ちゃんとこたえろバカ」
「すいません。デマじゃないです」
「マジで？　なんで？」
「美大を卒業してもメリットがあるわけじゃないし、美大を中退してもデメリットになるわけじゃない、と思うんですよ」
「は？　バカじゃねーのおまえ。意味わかんねえこといってんじゃねーよ」
「すいません」
「もっとマシなこと考えろや」

「わかりました」
「まー、でも、おまえの生き方だから。オレがとやかくいうようなことじゃねーけどよ。やめた理由はともかく、こんどの定例会、出て来いよ。で、中退したこと、みんなにつたえたほうがいいんじゃない？」
「はい。そうするつもりでした」
「だったらぜったい来いよな」
「わかりました」
「それじゃ。訳、たのんます」
『ブループリント』には、全部で十二ページにふせんがはられていた。
ヒカルは英文をサクッと訳して章二さんに送信した。
内容はざっとこんなかんじだった。

（第一章・一九四五年の記憶）
——当時、ＧＨＱは日本をアリゾナ州に続く四十九番目の州にするため、次のような四つのスローガンをかかげていた。
一、官僚を主体とした社会主義国家の確立。
二、国民のガス抜きとして、マスコミを飼いならす。
三、アメリカの永続的支配。
四、反日教育による愛国心のはく奪。
私は国家再編会議の際、五つ目のスローガンとして、日本を共産主義の実験台でつかってみよう、と提案した。
参謀部のアーノルド大佐をのぞき、だれからも異論はなかった。
その後、私は三時間にわたりアーノルド大佐を説得し『本国では不可能なこの試みはおもしろいかもしれない』といわせるにいたった。

——幸か不幸か、日本は世界のなかで共産主義が最も成功した国になった。

現在のところ、世界の中で共産主義国家はノースコリア、キューバ、日本の三ヶ国のみとなった。

(第二章・文部省の設計図)

——東大の指導者の内、七割に共産党員を配置して、反日主義の捨て駒、及び、国家解体要員として利用する。

この目標は短期間で達成された。

——反日マルキストの養成機関は文部省が最もふさわしい。

誰もがそう思っていたので、多数決で決定されたことは必然的な結果であった。

——本国の国益のために、日本人に自虐史観を植えつける。

最高司令官の即決即断によって、この計画はスピーディに遂行されていった。

(第三章・一億匹の飼育方法)

——究極的な奴隷制度とは、自ら奴隷であることを自覚させないシステムのことである。

このシステムは、日本人の国民性に実にうまくフィットした。

——一パーセントの支配層を自由にコントロールするために、最も合理的な方法が図られた。

第一ステップは、九十九%の、ものをいわないサルを育てることだった。

——大衆心理のメカニズムや動機は、百二十年前にすでに解明されている。

そのメカニズムを応用するためには、一億匹というモルモットの数はもっとも適量だったといえる。

——スポーツ、セックス、スクリーン。

いわゆる、３Ｓ政策の成功によって、一億匹のサルを操ることは何らむずかしいことではなくなった。

——サルたちが、自分の意志で未来を描くことは不可能である。

サルたちには、どんなに努力してもなにも変わらない現実がくり返されるだけだ。

我々はそのことを気づかせてはいけない。

——最も危険なことは、自ら思考させてしまうことだ。

——サルたちには生かさず殺さずエサを与え続けるべきだ。

最低限、死なない程度の幸福感だけは維持されるだろう。

たとえそれが「幻想」だとしても。

（第五章・失われた半世紀から、さらに失う半世紀へ）

——中国財界の知人が、公の場で、行きすぎた社会主義国家の日本から学ぶべき点は何一つない、と発言した。

そこで私は反論した。

偉大な反面教師として学ぶべき点が多々あるではないか、と。

——二十一世紀になっても、表現の自由はなく、言論統制がおこなわれている。

このように、我々でさえ予想し得なかった成果が数多く見られる。

——私の個人的な知識から、ノースコリアと日本の両国に何ら違いはない。

——国民が愛国心を捨てた国は、移民によって支配される。

我々に洗脳されたサルたちには、こうした世界的な常識を永遠に理解することができないだろう。

（あとがき）

——さいごに私が尊敬する二名の偉人の言葉を紹介し、本書を締めくくることにしよう。

「隣国を援助する国は滅びる」マキャヴェリ

「共産党が政権をとれたのは日本のおかげ」毛沢東

章二さんが送ってくる本は、いつもこうしたヘンな本ばかりだ。

彼のお父さんは公安調査庁に勤務していて、日本でわるいことをしている外国人を監視する仕事をしている。

ヒカルは、章二さんがお父さんからヘンな本をもらっている、と推測している。

ヒカルは一度だけ章二パパに会ったことがある。

大学に入学したてのころ。

マリアカの理事長先生の家に遊びに行くと、たまたま、そこに章二パパがいた。

そのとき、なぜかマンホールの話でワーワー盛りあがり、「公安おじさん」「ヒーくん」と呼び合うほど親しくなった。

翻訳を終えたヒカルは、甘いものがほしくなった。

彼は冷凍庫からコアラのマーチをとり出して口に入れた。

サクサク……。サクサクサク……。
「スウィートスウィート、ハートがスウィート。スウィートスウィート、デリシャススウィート。朝のチョコって超サイコー。ココアがあったらもう最強。脳みそフルフルフル回転。トロける甘さは百万点。コアラとマーチのイリュージョン。ココアクリームチョコカカオ。エブリデイチョッコ。ライフイズチョッコ。アイラヴチョッコ。ウィーラヴチョッコ。クレイジーフォー……」
そうやって、ひとりごとをいっていると。
ベッドのほうから。
うっせーんだよ！
とサエの声がとんできた。
「あ、起きてたんですか、おはようございます」
「とっくやねん。おまえさっきからひとりでチョコチョコうるさいねん。キモイぞ」
「すいません」
「しかも朝っぱらから電気もつけんで、キーボードぱっちぱちうって、どないしたん？」
「友達に翻訳を頼まれたんです。ぜんぜん意味がわからなかったけど」
「アホやな。言葉の意味をわからんで訳してんのか」
「ええ。いつものことですよ」
「意味わからんのになんで訳せるの？」
「英単語を日本語に置き換えることは簡単なんです。でも、言葉の意味はよくわからないんです。なんとなく、内容というかニュアンスはつかめるんですけど」

「どんな内容やったん？」
「なんか、おじちゃんが昔話をダベってるだけで、とくに内容はなかったです」
「なんやそら」
「いや。ほんっとになんにも内容がないんですよ。むかし、たくさん動物を飼ってたとか。そんなようなことが、ちょろっと書いてあっただけで」
「どーゆージャンルの本やったん？」
「たぶんオカルト系」
「はぁ……。あんまし自動翻訳機みたいになったらあかんで」
「僕はハイパー自動翻訳機です」
「アホ」
　サエはそういってベッドからおきあがると。
　首と腰をひねって音を鳴らした。
　ボキッ。ボキッ。
　ボキボキボキボキボキッ。
「ねーねー。サエさん」
「ん？」
「サエさんて、人に操られてるなあって思うときってあります？」
「は？　なんでそんなことさくねん？」
「いや。べつに、なんとなく」
「私って操られてるように見える？」
「自分ではどう思ってますか？」
「そんなん意識したことないからわからん」
　サエがベッドに座った。

ヒカルもいっしょに座った。
「もし、自分が操られてたとしたらどうします？」
「大丈夫。私の場合、操られてるフリをしてるだけやから」
「へえ」
「てゆーか。だれかに操られてたとしたら、自分じゃ気づかんやろ」
「んー、どうなんでしょうね」
「てゆーか。操られるってなんなん？　どーゆーこと？」
「うーんと、たとえば、買うはずもなかったモノをいつのまにか理由もなく買っちゃってたとか」
「あ、それならどんどん操られたい。もうバンバンオーケー。お買い物スキやから」
「お買い物してるときって幸せですか？」
「うん。幸せ」
「ふだんの生活のなかで、ほかに幸せだなあって思うときって、どんなときですか？」
「そうだなあ……。一日中ジャージ着たまんま部屋でゴロゴロしてるときかなあ。ノーメイクで」
「うわはははっ」
「なにがおかしいねん」
「じゃあ、逆に不幸だなあって感じるときは、どんなときですか？」
「退屈でなーんもすることがなくて、部屋でゴロゴロしてるときかなあ」
「え、不幸なときもゴロゴロなの？」
「ゴロゴロっちゅーかゴロンてかんじ」
「ゴロン？」

「うん」
「ゴロゴロが幸せで、ゴロンが不幸なの？」
「うん」
「ゴロゴロとゴロンてどうちがうの？」
「文字数がちがう」
「……。ちょっと、よくわかんないんですけど」
「それよか、おまえはどーなんや？　どないとき幸せ思うねん？」
「んー……。ふだん、そういうことはあんまり意識してないんで、よくわかんないです」
「ほな、いま意識してみいや。ほんで、どないとき幸せ思うねん？」
「しいていうなら、いまこの瞬間が幸せです」
「なんで？」
「好きな人が目の前にいるからです」
「それつまんない。ほかには？」
「んー……。寝てるときとか」
「寝てるんに幸せって思うの？」
「はい」
「それって起きてるんとちゃう？」
「へ？」
「寝てたら意識ないんやから、なんか思ったりとかせんやろフツー」
「あそっか」
「アホ」
「あはは。そっか、寝てるときって幸せって思わないか」
「思わんちゅーか思えん」
「あはは。ああ、でもなんでだろう。寝てるときってなんか幸せなんだよなあ」
「なんでヒカルが寝てるときに幸せ感じるか、私わかるよ」
「どうしてわかるんですか？」
「単に寝不足なだけだから」
「ぷッ！」
「だあ！　きたねーツバとんだ！」
「あ、ごめんなさい」
　ぷッ！
　サエはヒカルの顔にツバをはいた。
　するとヒカルはニヤッと笑った。
　ぷッ！　ぷッ！　ぷッ！
　サエはくりかえしツバをはいた。
　ヒカルはまたニヤッと笑った。
「なんでニヤニヤしてんの？」
「ニヤニヤしない理由がないからです」
　ぷッ！　ぷッ！　ぷッ！
　サエはくりかえしツバをはいた。
「なんでツバよけへんの？」
「サエさんのツバをよける理由がないからです」
「キモい！　なにコイツキモい！」
　ぷッ！　ぷッ！
　サエはくりかえしツバをはいた。
　すると、ヒカルは彼女の胸にぎゅうっと自分の顔をおしあてた。
「おいコラ。おまえ、人の服でなにしとんねん」
「えへへ」

「おもいっきりふいとるやないかい」
「おっぱい」
「うっせーボケ！」
サエはベッドの上でヒカルを押したおした。
そして、バッグからパティカのフェイスクリームをとり出して、洗面台のほうへ走っていった。
三時間後。
サエが帰ってから。
ヒカルは、拳銃の形をしたブラックダイヤモンドのネックレスをベッドの中で発見した。
「また忘れてる……」
サエがヒカルの部屋にダイヤを忘れたのは、これでみっつ目だった。
ひとつめは星の形をしたイエローダイヤ。
ふたつめはコウモリの形をしたブルーダイヤ。
ヒカルはそのふたつのダイヤを机の上に目立つようにして飾っていた。
「三色そろっちゃった。サエさん気づいてるのかな……。ひょっとして、わざと置き忘れてたりして……。まぁ、いーか……」
ヒカルはひとりごとをいいながら。
ブラックダイヤのネックレスを机に飾った。

7

十一月七日。水曜日。

日本文化史を受講するため学校に行った。

授業が行われる本館一〇七号室に入ると、人が誰もいなかった。

教務課の掲示板を確認すると日本文化史は休講だった。

ヒカルは坂上研究室にむかった。

ドアのカギが閉まっていた。

「ぜんぜん学校に来ないから死んじゃったのかと思った」

うしろからそういう声がした。

ふりかえると、髪をアップにしたアンナさんがいた。

「どうも、お久しぶりです。坂上先生はどちらへ？」

「福岡に出張よ」

「だから休講だったのか」

「そうよ」

「では、次回また来ます」

「どうして学校やめちゃったの？」

「え」

「え、じゃないよ。どうしてやめちゃったのよ？」

「ごぞんじでしたか」

「あなた、他人に心配かけてるって気づいてる？」

「いいえ」

ヒカルは首をふった。

すると、アンナさんは眉をひそめた。

「今日は日本文化史をうけようと思って学校に来たんですが……」
「中退したくせに、なんで登録してない講義に出席するの？」
「アンナさんにさそわれたから来たんですけど」
「私、そんなこといったっけ？」
「はい」
　ヒカルは、セックスのことにはふれずに一ヶ月まえのことを話した。
「あ〜、思い出した。あのときね。彼氏とケンカしたばっかで、やけ酒をしちゃったの。ごめんね」
　アンナさんは照れ笑いを浮かべた。
「だから、怒ってたんですか」
「うん」
「いっしょに料理の予約をしたのは彼氏だったんですか？」
「そうなのよ。でね、私って嫌なことがあったら、お酒飲んで忘れることにしてるんだ。だから飲みまくっちゃった」
「ああ」
「私、酔っぱらって人にケガさせちゃったことがあるんだけど。矢内くんに乱暴とかしなかった？」
「してませんよ」
「そう、よかった。ま、とりあえず入って」
　アンナさんは坂上研究室のドアの鍵を開けた。
　研究室の机には、豚の解体作業を撮った写真がおいてあった。
　それはヒカルが写真演習の課題で提出した写真だった。
「あれ、これ僕が撮ったやつ。なんでここに？」
「ちょっと、借りてるわね」とアンナさん。

「だめです。人に見せるなっていわれてるんです」
「誰にいわれたの？」
「ここで働いてる人に。撮る前にそういう約束をしたんです」
「じゃあ、なんでこの写真を提出したの？」
「それは……」
「自分がしてること、矛盾してない？」
「してるかもしれません……。てゆーか、してますね。写真演習の締め切り日になったのに、一枚も撮ってなくて。それで、いそいで……」
「撮らせてもらったの？」
「はい」
「他になにかいわれたことは？」
「えーと、前にもいったと思うんですが、獣医の人が昔、中美の学長さんと会ったことがあるみたいで、ジンケン教育に熱心な方だとおっしゃってました。それって、サエさんのおじいちゃんのことなんですよね？」
「うん。きっとそうよ」
「ジンケン教育ってなんなんですか？」
「『人』という字と権利の『権』という字を書いて人権ていうの。日本文化史は、もともと日本人権史っていう講義だったの。サエのおじいちゃんが担当してたころはね」
「ん？　日本人権史が日本文化史っていうふうに変わったんですか？」
「そうよ。だから、日本文化史は人権教育に関心をもった学生が受講してるの」

「んん〜？　文化と人権がどう関係あるんですか？」
「日本文化史の授業に参加すればわかると思う。矢内くんは人権教育に興味はある？」
「まったくないです」ヒカルは即答した。
「まあ、そういわずに、ちょっと座って」
　ヒカルはイスに座った。
　アンナさんは、ふたつの日本地図をもってきて机にひろげた。
「これは、講義でつかってる地図なんだけど、なにをあらわしてると思う？」
　ヒカルは地図を見た。
　ひとつの地図には青い点のシールがはられている。
　もう一方の地図には赤い点のシールがはられている。
　二色の点の位置はまったく同じ場所にある。
　点はおもに、九州や関西など西日本にぼわーっと集中している。
　それにくらべて東日本は少ない。
　東北地方、北海道、沖縄にいたっては点がひとつも見あたらない。
　ヒカルはすこし考え。
　赤点が女性をあらわし、青点が男性をあらわしている。
　と推測した。
「女性と男性のなにかの統計データですかね？」
「統計データっていうのは、棒グラフとか円グラフのことでしょ」
「あ、そうか」
「それにさ、統計ってあいまいなものが多かったりするじゃない」
「ええ、まあ」
「もうちょっと具体的なもの、場所をよく視て考えてみて」

ヒカルは地図を凝視した。
「うーん……なんとなくですけど、西日本の点には、都とかありそう」
「あ、いい線いってる」
「うーん……」
三分経過。
「ギブアップしていいですか？」
とヒカルはいった。
「わかんない？」
「はい」
「あのね、青い点がドウワ地区とよばれている場所で、赤い点が古墳がある場所なの」
ヒカルは、アンナさんの説明の意味がわからず、ぽかんとした。
「古墳がある場所をドウワ地区っていうんですか？」
「そうじゃないの。日本には昔からね、身分があたえられないかわりに特別な仕事をあたえられて、そのおかげで裕福な暮らしをおくっていた人たちがいたの。その人たちは、チョウリとかジニンってよばれてて、チョウリは『白』、ジニンは『神』っていう意味があって、まとめて、ドウワ民ていうふうによばれてたのね。
それで、ドウワ民が住んでた場所をドウワ地区っていうんだけど、どうしてその場所と古墳の場所が一致してるかっていうと……」
アンナさんがそこまで話したところで。
ヒカルはウンチク話が苦手なため。
ついうっかりでかいあくびをしてしまった。
そんな態度が彼女を怒らせた。

「コラ！　ちゃんと人の話きいてんの！」
「ごめんなさい。最近、仕事が連日徹夜で帰りが遅いんです。今日は二時間しか寝てなくて、あくびが止まらないんです。でも、どうしても日本文化史の講義に参加したくて……」
ヒカルは昨晩、十時間ほどたっぷり睡眠をとっていたが、そうやってテキトーなことをいってごまかした。
「ったく。ちゃんと寝ときなよ」
アンナさんは立ち上がってタバコを吸いはじめた。
そして、窓を全開にして煙を外にはき出した。
部屋に夕日がさしこんだ。
透明感のあるアンナさんの肌が夕焼けの色にそまった。
逆光によって、彼女の細い首のりんかくがくっきりとうかんだ。
ヒカルは両手の親指と人差し指でつくったフレームでその姿をとらえた。
タバコを吸いおえたアンナさんは、今夜ヒマ？　ときいた。
「はい。ヒマです」
「日本対イタリアのサッカーの試合があるんだけど」
「あ、知ってます」
「チケットあるからいっしょに観にいかない？」
「いいですよ」
「よかったあ。ホントは彼と行くはずだったんだけど。都合がわるくて行けなくなっちゃったの」
「あら、そうだったんですか」
「矢内くん、彼のかわりに指定席に座れるよ。埼玉スタジアムの指定席」

「やった！　そこ、できたばっかですよね」
「うん」
「ところで、アンナさんの彼氏ってどんな人なんですか？」
「んー、知りたい？」
「はい。知りたいです」
「きいて驚かないでよ」
「驚かないです」
「ぜったい驚かないでよ」
「驚きませんてば」
「ぜったいだよ」
「はい。ぜったい驚きません」
「じゃ、教えてあげるね……」
　アンナさんはとろけたような口調で、坂上センセ、といった。
「え～！」
　ヒカルは驚いてイスごとひっくりかえった。
　ガツン！
　倒れた勢いで戸棚に頭をぶつけた。
　ヒカルの意識はとおのいた。
　気がつくとベッドの中にいた。
　目の前にケロちゃんとアンナさんがいた。
　ケロちゃんというのは、保健室のおばちゃんのことだ。
　カエルに似ているからそうよばれている。
「意識がもどったみたいね」ケロちゃんがいった。
「僕、どうしたんですか？」
「軽い脳シントウだったみたい」アンナさんがいった。

「いまどんな気分？」とケロちゃん。
「なんか、頭ん中がキラキラしてるかんじ」
「「キラキラ？」」
　アンナさんとケロちゃんが口をそろえてそういった。
　ヒカルは保健室の時計を見た。
　午後六時をすぎていた。
「試合に間にあいますか？」ヒカルはきいた。
「タクシーつかえば平気」アンナさんはこたえた。

　午後七時。埼玉スタジアムについた。
　新しくてピカピカなスタジアムだった。
　ヒカルとアンナさんはメインスタンドに座った。
　すぐに試合がはじまった。
　試合の最中、ヒカルはマリアカ時代の思い出話をはじめた。
「僕、毎日昼休みになると友達とサッカーのミニゲームをしてたんですよ。都内の学校だったので、すごいせまい校庭だったんですよね。で、チームはだいたい人種別に四つにわかれることが多くて、ユダヤチーム、アメリカチーム、ユーロチーム、あと、アジアチーム。だいたいそういうかんじにわかれて、僕はアジアチームじゃなくて、ユダヤチームでプレーすることが多かったんですよね。なんでかっていうと、ユダヤチームには左利きのひとがぜんぜんいなくて、僕がかわりに左サイドのポジションの穴をうめてたんですよ。
　ときどき、日本チームをつくることもありました。日本人の男の子は僕みたいに左利きの子が多くて、試合のときはいっつも右サイドががら空きになるんですよ。で、日本チームはいつのころか、レフトサイドモンキーズってよばれるようになって、これじゃマズイと思ったので、僕はポジションを右サイドにかえたんですよね。そしたら、さいしょはなれるまで時間がかかったんですけど、だんだん右足でもボールがうまく蹴れるようになって、最終的には、左足でけったクロスボールより右足でけったクロスボールのほうが正確にとぶようになったんですよ。それでいまでは、手のほうは左利きなんですけど、足のほうは右利きっていうことにしてるんですよ……」

ヒカルはアンナさんをチラッと見た。

彼女は試合に夢中になっている様子だった。

「僕の話、きいてましたか？」

「ごめん、ぜんぜんきこえなかった」

次の瞬間。

柳沢選手がゴールをいれた。

アンナさんはきゃーっとさけび、ヒカルにだきついてキスをした。

ハーフタイム。

「あの人、村上リュウさんじゃない？」

アンナさんがななめ前のほうを指しながらいった。

「え？　だれ？」

「ほら、前三列目の黒い服の人、村上リュウさんでしょ」

村上リュウという人は、まあるっこいかんじのおじちゃんだった。

「学校の先生ですか？」とヒカルはきいた。

「ちがうよ。作家だよ。知らないの？」

「はい。有名なんですか？」

「有名だよ。『透明っぽいブルー』を書いた人だよ」

「透明っぽいブルー？」
「そうだよ」
「ふ〜ん。まあるっこいところが坂上先生に似てますね。アンナさん、ひょっとして好みですか？」
「うん。ああいうぽっちゃり系って大スキ」
「僕みたいなタイプは？」
「だめ。細すぎ。あんた、ガリ吉ヒョロ夫でしょ」
「イケメンはみんなヒョロ夫ですよ」
「だめ。私ってヒョロっちい男は眼中にないの」
「じゃ、ぽっちゃりなイケメンだったら？」
「それはオーケー。理想かもしれない」
「へえ。でも、ぽっちゃりなイケメンて、太った美人を探すのとおなじくらい難しいことだと思いますけど」
「坂上先生がいるじゃない」
「え！　アンナさんて坂上先生のことをイケメンだと思ってるの？」
「うん」
「うひゃははは！」
「むかつく！　なんで笑うの！」
「坂上先生はイケメンていうより、とんこつラーメンてかんじがするなあ」
「うるさい！」
アンナさんはヒカルをおもいきりひっぱたいた。
後半戦がはじまった。
イタリアの選手がゴールをいれた。
アンナさんは、またヒカルにだきついてキスをした。

どちらの応援をしてるんですか？　とヒカルはきいた。

「両方」

「勝ってうれしいのは、どちらの国？」

「ひきわけがいいな」

試合はアンナさんの希望どおり。

１対１のドローでおわった。

ふたりは帰りもタクシーをつかった。

「イタリア料理をごちそうしてあげるよ」

と、アンナさんがいった。

彼女は与野駅のまえでタクシーをとめた。

そして、駅から近いところにあるサムシングトレというレストランにヒカルを連れていった。

「遠慮しないでなんでも注文していいよ」

店に入るとアンナさんがそういった。

ヒカルはピザとスパゲティとソーセージとネギトロを注文した。

アンナさんはワインと刺身を注文した。

料理がくると、ヒカルはバクバクとたいらげた。

「食欲があっていいね。若い証拠だよ」

ヒカルはアンナさんにそういわれ、クスッと照れ笑いをした。

帰りのタクシーで。

アンナさんはドウワ民にかんすることをしゃべった。

かいつまんでいうと、こんな内容だった。

江戸時代。

ドウワ民のなかで一番エライ人はチョウリ頭とよばれていた。
チョウリ頭は関東と東北に一人ずついて、二大チョウリ頭として全国に知れわたっていた。
当時、二大チョウリ頭は大名よりも権力を持っていた。
関東のチョウリ頭は『ダンザエモン』という名前だった。
東北のチョウリ頭は『ヒスイミヤノスケ』という名前だった。
名前といっても両者とも襲名なので、本名ではない。
ダンザエモンは、浅草で浮世絵とか相撲とか歌舞伎の仕事を裏でささえていた。
いわば、江戸文化の礎を築いたプロデューサーのような人だった。
ダンザエモンは十三代まで続いた。
八代目と十代目のダンザエモンのお墓が浅草にある。
ダンザエモンの襲名は途切れたが。
東北のチョウリ頭、ヒスイミヤノスケの襲名は今も続いている。

ヒカルは睡魔に襲われ、ちくわ耳状態だった。
アンナさんと別れ、彼が宿舎にもどったのは、午前一時を過ぎたころだった。

十一月十二日。第二月曜日。
この日は銃器開発研究会定例会の日だった。
定例会が開かれる場所は市ヶ谷にある第二部室。
そこは、通称『市ヶ谷銃器倉庫』とよばれ、市ヶ谷駅から徒歩五分の雑居ビル三階にある。
銃器倉庫といっても、学校でいらなくなった雑誌やエアガンがつみこまれているだけで、その実態は単なるゴミ置き場だ。
　カンッカンッカンッ。
　ヒカルは軽いあしどりで階段を上った。
　三階につくと、なつかしい火薬のにおいがした。
　彼はある異変に気づき足を止めた。
　ビルの三階は銃開研のほかに赤報隊といういくつかの大学があつまってできたサークルの部屋がある。
　ふだん、その部屋の入り口には『日本民族青年会』という表札がついている。
　だが、この日は表札がなかった。
「あれ？　どうしたんだろ？」
　ヒカルは首を傾げながら銃器倉庫に入った。
　一年生の松山くんと泉くんがいた。
　ふたりはヒカルを見て、おおーっと、声をあげた。
「ひさしぶり」と泉くんがいった。
「どーも、おひさしぶりです。あのう、赤報隊の部屋の表札がないんですけど、どうしたんですかね？」
「なんか……誰か、学校以外の場所で問題を起こしたらしくて……、それから、いなくなっちゃって」
　松山くんがぼそぼそした声でそういった。
「廃部になったんでしょうか？」ヒカルはきいた。
「んん……、そうみたい……」泉くんがタメ息まじりでいった。
「もう赤報隊の人たちと会えないのかな……。ちょっとショックだな……」
「あ、そうだ。ミユさんが、このあいだ学校に来てヒカルのことをさがしてたよ」
　と泉くんがいった。
　赤報隊は『青年会』と名のっているのに、ひとりだけ前原ミユという女性がいた。
　彼女は早大生で、初対面だったヒカルにアイスクリームをおごってくれたやさしい人だった。
　ヒカルは半信半疑で、それはいつですか？　ときいた。
「たしか……もう一週間くらいまえ、そうだよね」
　泉くんが松山くんに確認する。
　松山くんはうなずく。
「ミユさんが学校に来たこと、いま、はじめてききました」
「なんだ、ミユさんはマサヤさんと話してたから、てっきりヒカルは知ってるんかと思った。マサヤさんからなんにもきいてないの？」
　ヒカルは、はい、とうなずいた。
「ミユさんに電話する？　ケータイ番号あるけど」と泉くん。
「あ、教えてください」
　ヒカルはミユさんの番号をきいて、すぐに電話した。
「もしもし、前原さんですか？」
「どなたですか？」
「どうも、矢内ヒカルです。僕が不在のところ学校におみえになったようで」
「ヒカルちゃん？　ヒカルちゃんなの？」
「ええ」
「ありがと、電話してくれて」
「いえいえ」

「よかったー、また話せて。ね、いま時間ダイジョブ？」
「はい」
「これから会える？」
「はい」
「いまどこにいるの？」
「市ヶ谷の銃器倉庫です」
「あ、近い。私、いま新宿のキャンパスにいるんだ。これからそっちにいくからまってて」
十五分後。
ミユさんが銃器倉庫にやってきた。
彼女はショートヘアでおとなっぽいシャープなメイクをしていた。
「この子、拉致っていいかしら」
ミユさんはヒカルをつかんでそういった。
「煮るなり焼くなり、どうぞご自由に」泉くんがいった。
「返還しないで結構です」松山くんがいった。
「そのまえにタバコ吸いたいんだけど、誰か火くれる？」
ミユさんは黄色いロングピースをテーブルに置いた。
すると、泉くんと松山くんが声をそろえて。
おぉ！　ローウィ！　とさけんだ。
「は？　なにローウィって？」
ミユさんはふたりをにらみつけた。
「そのロングピースのパッケージをデザインしたのがローウィっていう人なんですよ。工業デザイナーで二〇世紀デザインの先駆者みたいな人です」
とヒカルは説明した。

「すごい人なの？」とミユさん。
「オレにとって神様のような人です」泉くんがいった。
「いや、ローウィは神かもしんないけど人間だろ」松山くんがいった。
「神だよ」
「いや、人間だろ」
「神だよ」
「いや、人間だろ」
「神だって」
「いや、だから人間だっつーの……」
　ふたりのやりとりを見ていたミユさんが机をバンッとたたいた。
「いいから火ぃちょうだいよ！」
「お嬢様、ここは禁煙でございます。おタバコは部屋の外でお吸いになってください」
　と松山くんがいった。
「どうしてよ？」
「ここには火薬や火炎瓶といった爆発物が大量に保管されています。したがって、火気厳禁なんです」
「はあ？　なにそれ？　ふざけないでよ。頭きた。ヒカルちゃんもう行こっ」
　ミユさんはそういってヒカルを外に連れ出した。
　ビルの玄関にヘリテイジスプリンガーがとまっていた。
「ほら、乗って」
　ミユさんは後部座席にヒカルを乗せ、ヘリテイジを走らせた。

その日の夜。
ミユさんがむかった場所は。
彼女の親が所有している箱根の別荘だった。
ヒカルはそこでミユさんとなりゆきでセックスをした。
そして朝まで彼女としゃべり続けた。
ミユさんは共同通信に内定が決まっていて、来年の四月から汐留に勤務するらしい。
彼女は子供のころ、親の仕事の関係でアフリカに住んでいたことがあり、
「共同通信てイマイチどんな会社なのかわかんないんだけど。ヨハネスブルクに支局があるっぽいから、そこで働いてみたいんだよね」
というようなことを話した。
それから、自分がマサヤさんに好意をもたれている、というようなことも話した。
ヒカルは、ミユさんが学校に来たのに、そのことをマサヤさんがおしえてくれなかった理由がなんとなくわかったような気がした。
会話の流れのなかで、学校をやめたことを話そうとしたが、恥ずかしいためか、けっきょく、それをいい出すことはできなかった。
ふたりが寝たのは朝の五時ごろだった。
目を覚ますと昼になっていた。
別荘を出たふたりは近所のそば屋さんに入った。
そして、いっしょに白神そばを注文した。
ずるずるずるずるずる。
ずずずずず〜……。
「あー、おいしかった。ごちそうさま」

ヒカルはそばを食べおえるとにっこり笑った。
「おいしかったね、ここのおそば」
ミユさんはそういってロングピースを口にくわえた。
「ねえ、ヒカルちゃん、ちょっときいていい？」
「なんですか？」
「ロングピースをデザインしたローウィって人はさ、ヒカルちゃんにとって神様なの？　それとも人間なの？」
「ローウィは神様でもあり人間でもあるんです。ですから、神か人か、という問いはナンセンスかもしれません」
「ふうん。そうなんだ」
「あ、たぶんですけど……」
ふいに、店内のＢＧＭに『ヤだねったら、ヤだね』が流れた。
ヒカルはサビの部分をＢＧＭにあわせて歌いだした。
ヤだねったら、ヤだね～♪
ヤだねったら、ヤだね～♪
ミユさんはそのあいだ、無表情でタバコを灰皿に押しあてていた。
「ヒカルちゃん、もう帰りたい？　どこか行きたいところとかない？」
店内が静まると、ミユさんがそういった。
「彫刻の森美術館に行ってみたいです」
「わかった。じゃ、行こっか」
「場所わかるんですか？」
「うん。大丈夫。ここからすっごい近いよ」
ふたりはそば屋さんをでて、ヘリテイジスプリンガーに乗った。
ミユさんはバイクを急発進させた。

　ぴゅー！
　すぽぽぽごおおおおおー！
　全身に風があたった。
　ヒカルは大声でさけんだ。
「ミユさーん！　箱根の風ってサイコーですね！」
「えー？　ぜんぜんきこえない！」
「箱根の風サイコー！」
「きこえないよ！」
「風サイコー！」
「きこえないってば！」
「サイコー！」
「箱がどうしたの！」
「箱サイコー！」
　こんなことをいいあっているうちに。
　あっという間に彫刻の森美術館に到着した。
「ふぅー。よく道がわかりましたね」
「だって、このへんは私の庭みたいなとこだもん」
「そうなんですか。じゃ、彫刻の森には何回も来たことがあるんですね」
「んーん。実は今日がはじめて」
「はじめて？」
「うん」
「へえ。僕は十回目くらいです」
「そんなに来てるんだ。ここ好きなの？」
「好きというか、まあいちおう、昔は彫刻家の卵でしたから」

「昔っていつよ？」
「半年前です」
それからヒカルは、ジャン・デュビュッフェの作品の魅力について、何十分もかけて説明をくりひろげた。
でも、ミユさんはあまり理解していないかんじだった。
夕方ごろ、ヒカルはバイクで送ってもらって宿舎についた。
ミユさんは別れぎわに赤報隊が廃部になった理由を教えてくれた。
「部員の誰かがオウム真理教の施設を放火して三人の信者を焼死させちゃったの。それで、私がマサヤくんに事件をもみ消してほしいって頼みに行ったんだ。ほら、あの人のお父さんて警察のエライ人でしょ。だから、なんとかしてくれないかなあとか思って。
だから、いまのところ世間には知られずに済んでるわけね。まあ、そういうことがあったから、赤報隊は無期限で活動を休止するってことになったんだ。事実上の解散ていうか。このことは、銃開研のみんなにはナイショにしておいてね。あの人たち、ぜったい２ちゃんとかネットでチクったりするから」
「２ちゃんてきいたことあるんですけど、なんなんですか？」
「知らないの？」
「はい」
「じゃ、気にしないで。べつに知らなくていいことだから」
「衛星放送かなにかですか？」
「いいから気にしないでって」
「ふーん。よくわからないけど、さすがマサヤさんですね」

十一月二十四日。土曜日。

福祉工学の授業で知りあった大谷くんから電話がきた。
「あした、ビッグサイトで郊外授業があるんだけど、いっしょに行ってみない？」
「それって福祉機器展の見学ですか？」
「そう」
「いいですよ」
ヒカルは待ち合せの場所と時間を確認した。
すると、大谷くんが質問した。
「学校をやめたってホント？」
「はい。とっくに」
「なんだよ、そっけないな」
「え？　そんなふうにきこえました？」
「うん。あのさ、いまからでもおそくないから、再入学しといたほうがいいんじゃない？」
「え〜」
「中退ってあとあとヤバイでしょ」
「そんなことないと思うけど」
「そんなことなくないでしょ」
「そうかなあ……。まあ、なんとかなるよ」
先のことを考えていないヒカルは、テキトーにそういった。

翌日。午後二時。
ヒカルと大谷くんはビッグサイトについた。
会場に入ると、展示ブースで福祉工学の先生と中美の学生が数人まとまって移動しているのがわかった。

ふたりはその集団とすこし離れて見学をした。
そして、半分ほど展示品を見てから休憩エリアのベンチに座った。
「あ、オレの好きな人がいる」
ふたりでジュースを飲んでいると、大谷くんが突然そういった。
「え？　どこですか？」
ヒカルは大谷くんの視線の先を見た。
「ほら、キャミソールのうえに淡いピンクのジャケットを着てる人」
「んー、わかんない」
「ほら、車イスを押している人だよ」
ヒカルは一瞬目を疑った。
キャミソールのうえにピンクのジャケットを着て、車イスを押している女性はサエだった。
「あの子、工芸の人で、月島サエっていうんだ。名前、チェック済み。食堂でよく見かけてたんだけど、
最近ぜんぜん見なくなっちゃったんだよなあ。学校きてんのかなあ？　てか、サークルどこなんだろ？」
「月島さんは射撃部ですよ」ヒカルは笑いをこらえながらいった。
「ウソ！　なんで知ってんの？」
「僕、射撃部だったんですよ。月島さんもいちお部員です」
「……」大谷くんは口をあんぐりとあけた。
「ちょっと、彼女をよんできます」
ヒカルはそういって立ち上がった。
「え！　ちょ、まってまってまってまってまって！」
ヒカルは大谷くんを無視してサエのほうへ歩いていった。
「サエさん、こんちわ」

「お、来てたんか」
「福祉工学の郊外学習で来たんです」
「やめたのに授業でとんかい」
「きょうはたまたまです。えっと、あのですねえ……」
ヒソヒソ……。
ヒカルは大谷くんのことをサエにつたえた。
「私にどないしてほしいねん？　あいつの話し相手にでもなりゃええんか？」
「ま、そんなかんじでおねがいします」
ヒカルがそういうと、サエは大谷くんのほうへむかっていった。
「あ、行っちゃった……」とヒカルはいった。
「行っちゃったね」と車イスの女性がいった。
「こんにちわ。どうもはじめましてヒカルと申します」
ヒカルは車イスにのっている女性に頭をさげた。
「え！　キミがヒカルくんだったの？」
「あ、はい」
「そっか～」
「どうして僕のこと、知ってるの？」
「アマからきいてるもん」
「アマ？」
車イスの女性がアマと呼んでいるのはサエのことだった。
サエが尼崎出身だったからだ。
女性はヨウコと名のった。
彼女は青山学院大の学生でサエの高校の同級生だった。
「サエさんて高校のときどんな人だったんですか？」

ヒカルは車イスをおしながらたずねた。
「アマはね、めっちゃスゴイ伝説つくったんやで」
「なんですか、スゴイ伝説って？」
「成績が学年で三番だったことがあるんだよ」
「うお！　スゴーイ！　サエさんて超頭よかったんですね」
「ちゃう。ちゃうよ。下から数えて三番だよ」
「げっ……！」
「ビリと二番目が男の子だったから、女の子んなかで下から数えてトップだったっちゅーことやね」
「ある意味、スゴイ……かも」
「でしょ。ひと学年三六〇人もいたんだよ。そのなかで三番だよ」
「……」ヒカル、絶句。
「性格は変わってないね。あのまんま」
「モテてました？」
「うん。超モテてたよ。いろんなひとに告白されまくってた」
「マジですか？」
「うん。だけどね、みんな撃沈されるの」
「撃沈てサエさんがふるってことですか？」
「そう」
「全員撃沈されたんですか？」
「ひとりだけ、クラモチくんていう人にはオーケーしてね……」
「クラモチ……」
「あ、私がいったってこと、アマにはぜったいナイショね」
「わかりました。サエさんはその人とつきあってたんですか？」
「うん。学校中で有名なカップルだった。アマは射撃部の部長で、相手のクラモチくんは一個上の先輩で野球部の元部長。部長同士のつきあいだったから、他の学年にも知れわたってた」
「ふたりはいつわかれたんですか？」
「わかんない」
「サエさんがふったんですかね」
「ちがう。マコちゃんのほう、クラモチくんのほうからふったみたい」
「マコちゃん？」
「あ、マコちゃんていうのはクラモチくんのあだ名ね。元カレだった人、クラモチマコトっていう名前なん」
　ヒカルはとっさにサイフから一枚の名刺をとりだした。
　そして、ヨウコに気づかれないようにその名刺に視線をおとした。
　『株式会社ワイルダー・ジャパン
　　インタラクティブ・コミュニケーション局
　　クリエイティブディレクター　倉持マコト』
　まちがいない。この人はサエの元カレだ。
　ヒカルはそう確信した。
　ヨウコは、ちょっと深刻な話、とまえおきして、いった。
「マコちゃんは、いまだにアマのマンションにおしかけたり電話かけたりしてるんだよ。自分からふっといて。知ってた？」
「いいえ……」
「アマがキミにいわないってことは、たぶん、頼りにされてないんだよ。年下でもちゃんと守ってあげないとダメだよ」
「はい。すいません……」
「そのすぐ謝るくせは、直したほうがいいよ」

「え？　くせ？」
「アマからきいたよ。ヒカルくんはなんにも悪いことしてないのに、すぐ謝るくせがあるって」
「そういえば……そうかも」
「今日から、『すいません』と『ごめんなさい』は二度とつかわないようにすれば？」
「わかりました、すいませんね」
「ははは。またいった」
「あ、しまった……。あのう、そろそろ、サエさんのところに戻りましょうか」
「そうね」
「明日もサエさんと会うんですか？」
「んーん。会わへんよ。ヘルパーはほかの人がやってくれるから。アマがヘルパーしてくれるのはいつも土曜日だけなんや」
「ああ、そうだったんですか」
　それから、ヒカルは大谷くんとサエがいるところへもどった。

「あ〜あ、失恋しちゃったい。へへへ」
　サエがいなくなってから、大谷くんがそういった。
「なにを話してたんですか？」
「一発目の質問で彼氏いますか？　ってきいたら、おるよ、だってさ」
「ああ……それは残念」
「しかも年下なんだって。くそお！　オレも年下なのに！　そいつとオレのちがいは一体何なんだあ！」

「……」
「チクショー。誰だよ年下って」
「どうせ、ろくでもない男なんじゃないでしょうか」
「オレはそのろくでもない男に負けたんだ」
「……」
しばらく沈黙。
大谷くんはいきなり悩みを打ち明けた。
最近、学校であまり話しかけられないんだ、と彼はいった。
「制作に打ち込んでいるからじゃないでしょうか？」
「そうじゃないんだよ、同じクラスのヤツが意図的にオレを無視してるような気がする」
「それ、たぶん被害妄想ですよ。無視されてたとしても、そのほうが気が楽じゃないですか？」
「……」
大谷くんはすこし黙ってから。
小声でこういった。
あんときから、なんかみんなの様子がおかしんだよなあ……。
「あの時って？」ヒカルはきいた。
「いやあ、あのさ、親の職業をね。教えあってたわけよ、五人ぐらいでさ」
「うんうん。それで？」
「そしたら、オレ以外の四人はみんな親が教員だったんよ」
「へえ」
「そんで、おれの親父は新聞社につとめてんだけど」
「へえ。どこの新聞社ですか？」

「朝日新聞なんだけどさ」
「へえ」
「それをいったらさ、まわりの空気がしら〜ってなっちゃってさ」
「なんでしらけたんですか？」
「それが、ぜんっぜんわかんないのよ」
「気のせいなんじゃないんですか？　ぜったい気のせいですよ」
「どうかな」
「ぜったい気のせい」
「でも、それっからなんだよなあ。まわりの態度が変わったの」
「ふうん。親の勤務先を知ったからといって友達の態度が変わるって、ぜったいありえない話だと思いますけど。僕には、その場の空気がしらけた理由がぜんぜんわからないです」
「本気でそう思ってる？」
「はい。だって朝日新聞て偉大で立派ですばらしい会社ですよね」
「そうかな……」
「しかも僕、購読してますよ」
「朝日を？」
「はい。あんまりちゃんと読んでないですけど」
「なんだよ。ちゃんと読んでくれよ」
「わかりました。これからちゃんと読むことにします」
　ヒカルは鼻をほじくりながらそういった。
「鼻ほじくりながらいわれてもなあ……」
「じゃ、どこをほじくればいいんですか？」
「べつにどこもほじくんなくていいよ」

次の日。ヒカルはサエに電話をした。
倉持さんとの関係について彼女に問いつめるつもりだった。
さいしょは、なにげない会話からはじめた。
「サエさんて高校時代にすごい伝説をつくったらしいですね。ヨウコさんからききましたよ」
「なんや伝説って？」
「ホント、すごいですね」
「なんやねん？　なにきいたん？」
「いや、ですから伝説ですよ」
「……あ！　まさか！　あのことか？」
「そう、あのことです。わかりました？」
「学校でシンナー吸ってたこと？」
「……ちがいますよ」
「竹刀で校長センセをぶん殴ったこと？」
「それもちがいます」
「え～。わからんなぁ……。あっ！　もしやあれか？　めっちゃ恥ずかしいことか？」
「はい。けっこう恥ずかしいことです」
「何日間かノーパンで登校してたことか？」
「ちがいます」
「え～、なに？　わからん。教えろ」
「てゆーか……。サエさん……。いまいったこと、ぜんぶホントなんですか？」
「うん」
う～む……。ぽりぽり……。

ヒカルはうなって頭をかいた。
「僕がきいた伝説っていうのは、学校の成績が下から数えて三番目だったことですよ」
「はあ？　おまえアホ？　そんなんどこが伝説なん？　そんなんいつもやで。しかも三番ていいほうだよ。ビリだったこともあんねんで。そんなんやったら、テストのたんびに伝説うまれるやん」
「……サエさん、お勉強とかキライでした？」
「大ッッッッキライ！　つーか、いまでもキライ！　勉強なんてこの世から消えてほしい！　とくに二次関数とかブッ殺したい！」
「うははは」
「私、勉強できひんから美大に入ったんや」
「うはははははははっ」
「おいコラ！　なに笑とんねん」
「あははは。よく入れましたね」
「だって美術得意やったもん。あと体育も。テストの成績はいつもビリやったけど、美術と体育だけは誰にも負けんかった」
「運動は得意だったんだ」
「うん。ヒカルといっしょで足だけ速かった」
「だ、だけって……」
「マジやで、女子んなかで五番目くらいに速かった」
「へえ」
「美術のほうは余裕でトップだったよ」
「下から数えて？」
「そうなんや、下から数えて……ってちゃうわ！」
「ふふふ。すいません、ジョーダンです」

「あ、でも美術史とかのペーパーテストみたいなヤツになると、またビリになるから。ヒカルがゆーてること、ある意味あたってっかも」
「サエさんが通ってた高校って美術史があったんですか？」
「よう憶えとらんけど。そんなんがあったような気がする」
「へえ……」
すこし沈黙。
ヒカルは勇気をもって本題をきりだした。
「ヨウコさんから、倉持さんのことをききましたよ。元カレで、ちょっとまえに僕に名刺をくれた人ですよね。サエさんのマンションにおしかけたりしてるみたいですけど。どうして僕に教えてくれないんですか？」
「おまえには関係ないやろ」
「関係なくないですよ。僕はもっとサエさんを理解したいんです」
「は？　どゆこと？」
「あなたを助けたいんですよ」
「は？　助ける？　助けるってなんや？　超キモイ」
「……」
「しかも私、他人に理解されたいとか、わかってほしいなんて、一度もおもたことないで。なにほざいてんの？」
「僕は他人じゃないです」
「はあ？　うっせーよ！　なんやテメー腹立つわ。学校をやめた理由を自分で説明できひんヤツがなにエラそーなことほざいてんねん！　アホ！　ボケ！　カス！　死ね！　いっとくけどね、おめーが私を理解するなんて一生ムリだから」

「……」
「なにだまってんの？」
「しくしく……」
「泣いてんの？」
「しくしく……」
「なんで泣いてんの、男のくせに。死ねよ。超キモイんやけど」
「僕になにかできることは……」
「な〜んもないから安心せい」
　サエはそういって、ブツッと電話をきった。
　はあー……。
　ヒカルは深いため息をついた。
　そして、サイフから倉持さんの名刺をとりだしてゴミ箱にすてた。

　まもなくして。
　サエから電話がきた。
「いまから、いっしょにカラオケ行かへん？」
　さっきまでのやりとりが、何事もなかったかのようなかんじで彼女はそういった。
　ヒカルは、うん、いいですよ、とこたえた。
　ふたりはすぐにシダックスにむかった。
　サエはアミンやシェン・リーなどチャイニーズシンガーの歌を歌いまくった。
　ヒカルはパッツやロニー・ビンスなど英国ロックを歌いまくった。
　ふたりはさいごにＲＣサクセションの『トランジスタラジオ』をいっしょに歌った。

十一月三十日。水曜日。

夜。

バイトから帰ると、マサヤさんからこんなメールがとどいた。

件名：盗難事件について

盗難事件の捜査が完全にうち切られた。

犯人から学校にこういうメールが来た。

＞新キャンパス設立工事にかんして理事長が業者と談合している。

＞理事長はその見返りにワイロをうけとっている。

＞この事実を公開されたくなければ、盗難事件の捜査をやめろ。

で、学校側は警察に捜査を中止してくれって要請したらしい。

それって学校が談合とワイロの事実を認めたってことだろ？

バカだよな。

たかが談合とワイロでさわぐやつはバカだけど。

それを指摘されてビビッテルやつはもっとバカ。

しかも、フリーメールだったんで犯人の足はつかめてない。

学校はこのことを通報するかっていうと、しないんだって。

マジでバカだよな。

これ、内部告発っぽいけど学校に対する嫌がらせだよ。

完全になめられてる。

内容からして犯人は学校の内部事情にくわしいやつだ。

盗難の実行犯は複数いたことがわかってきたから、メールをおくったヤツは確実にその中にいる。

でもさ、これでサエが犯人じゃないってことは確定したね。
あの子、相当いろんなヤツに容疑者扱いされてたろ。
本人はそのことを気づいてるはずだよ。
ぶっちゃけそのへんどうなの？
おまえら、いつのまにかつきあい始めたんでしょ？
盗難の話とかしてるの？

ヒカルはすぐにメールを返信した。

件名：Ｒｅ：盗難事件について
サエさんと盗難にかんする話は、まだ一度もしてないです。
まったく話題にでませんね。
サエさんが犯人じゃないということがわかったので安心しました。
でも、いつか彼女に事件のことをきいてみたいと思います。
知ってないはずないですからね。

あと、サエさんと僕がつき合ってるのかどうかってことなんですけど。
自分でもよくわかりません。
おたがい「つき合おう」っていったりとか、告白したりとか。
そういうことは、まだないんですよ。

なので、自信をもってつき合ってるとはいえない状態です。
ひょっとしたら、彼女は僕が好きなのではなく、
単にセックスがしたいだけなのかもしれません。
いわゆるセフレってやつです。
ですから、彼女がセックスをしたくなくなったら、
この関係はどうなっちゃうの？　ってかんじです。
いまは盗難のことよりそっちのことをきいてみたいんです。
だけど「ウザイ」とかいわれそうできく勇気がありません。

今回の事件について、僕が一番わからないのは、犯人の目的です。
刀なんか盗んでなにがしたいんでしょうかね。
盗むことだけが目的だとしたら、ちょっと許せないですよね。
ところで、談合ってどういう意味なんですか？

（ハッピージュエリー・下に続く）

ハッピージュエリー　上

HICAL《ヒカル》

明窓出版

平成二十一年四月一日初版発行
発行者――増本　利博
発行所――明窓出版株式会社
〒一六四―〇〇一二
東京都中野区本町六―二七―一三
電話　（〇三）三三八〇―八三〇三
FAX　（〇三）三三八〇―六四二四
振替　〇〇一六〇―一―一九二七六六
印刷所――株式会社　ダイトー
落丁・乱丁はお取り替えいたします。
定価はカバーに表示してあります。

ISBN978-4-89634-251-2
ホームページ http://meisou.com

『地球維新』シリーズ

vol.1　エンライトメント・ストーリー

窪塚洋介／中山康直・共著

定価1300円

◎みんなのお祭り「地球維新」
◎一太刀ごとに「和す心」
◎「地球維新」のなかまたち「水、麻、光」
◎真実を映し出す水の結晶
◎水の惑星「地球」は奇跡の星
◎縄文意識の楽しい宇宙観
◎ピースな社会をつくる最高の植物資源、「麻」
◎バビロンも和していく
◎日本を元気にする「ヘンプカープロジェクト」
◎麻は幸せの象徴
◎13の封印と時間芸術の神秘
◎今を生きる楽しみ
◎生きることを素直にクリエーションしていく
◎神話を科学する
◎ダライ・ラマ法王との出会い
◎「なるようになる」すべては流れの中で
◎エブリシング・イズ・ガイダンス
◎グリーンハートの光合成
◎だれもが楽しめる惑星社会のリアリティー

vol. 2　カンナビ・バイブル

丸井英弘／中山康直　共著

「麻は地球を救う」という一貫した主張で、30年以上、大麻取締法への疑問を投げかけ、矛盾を追及してきた弁護士丸井氏と、大麻栽培の免許を持ち、自らその有用性、有益性を研究してきた中山氏との対談や、「麻とは日本の国体そのものである」という論述、厚生省麻薬課長の証言録など、これから期待の高まる『麻』への興味に十二分に答える。

定価1500円